文春文庫

劉　邦

（一）

宮城谷昌光

文藝春秋

目次

秦末概念図（郡単位）

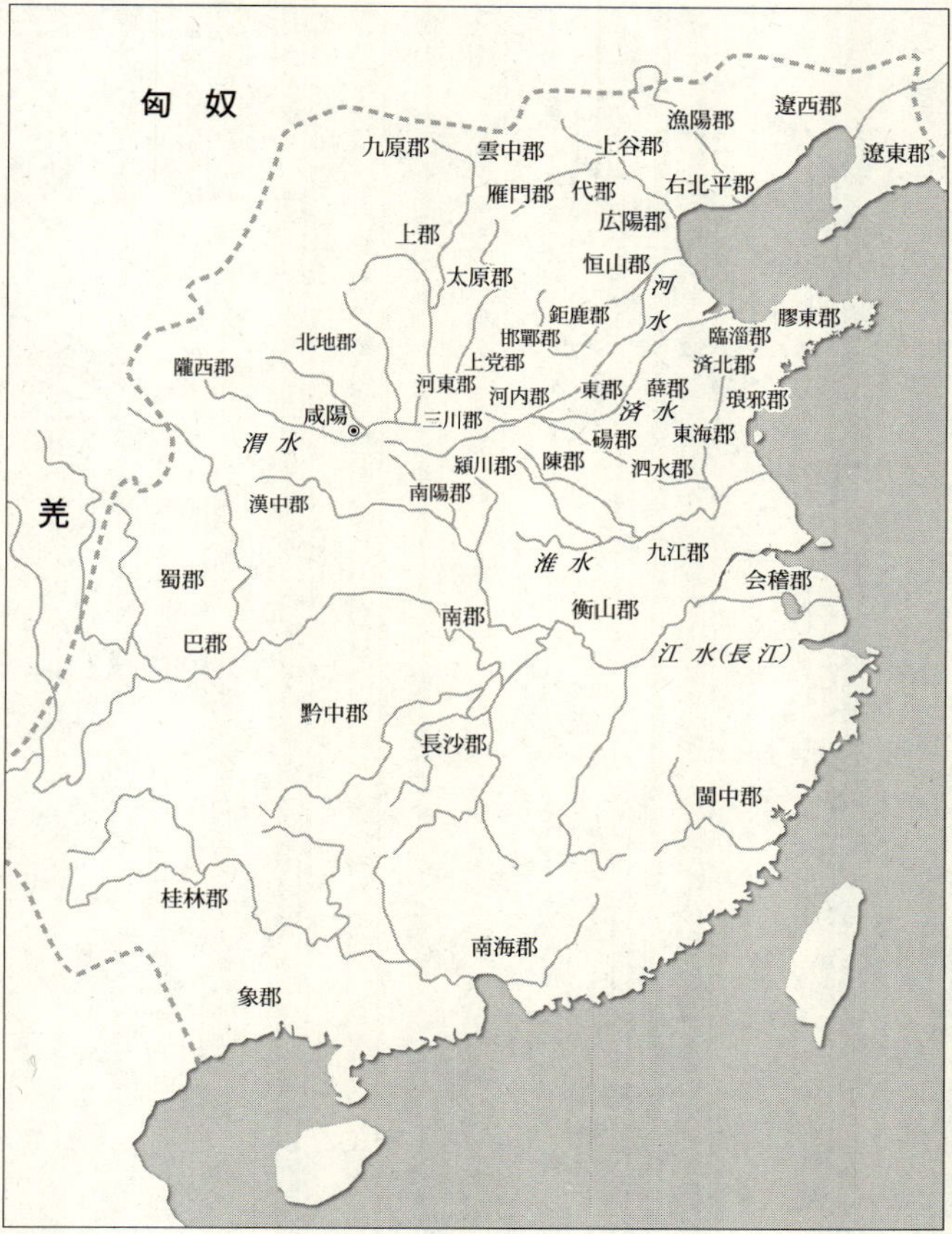
匈　奴
九原郡
雲中郡
上谷郡
漁陽郡
遼西郡
遼東郡
右北平郡
雁門郡
代郡
広陽郡
上郡
太原郡
恒山郡
河
水
鉅鹿郡
膠東郡
邯鄲郡
臨淄郡
北地郡
上党郡
済北郡
隴西郡
河東郡
河内郡
東郡
薛郡
琅邪郡
済
水
咸陽
三川郡
東海郡
渭
水
碭郡
潁川郡
陳郡
泗水郡
南陽郡
漢中郡
羌
九江郡
淮
水
会稽郡
蜀郡
南郡
衡山郡
巴郡
江 水(長 江)
黔中郡
長沙郡
閩中郡
桂林郡
南海郡
象郡

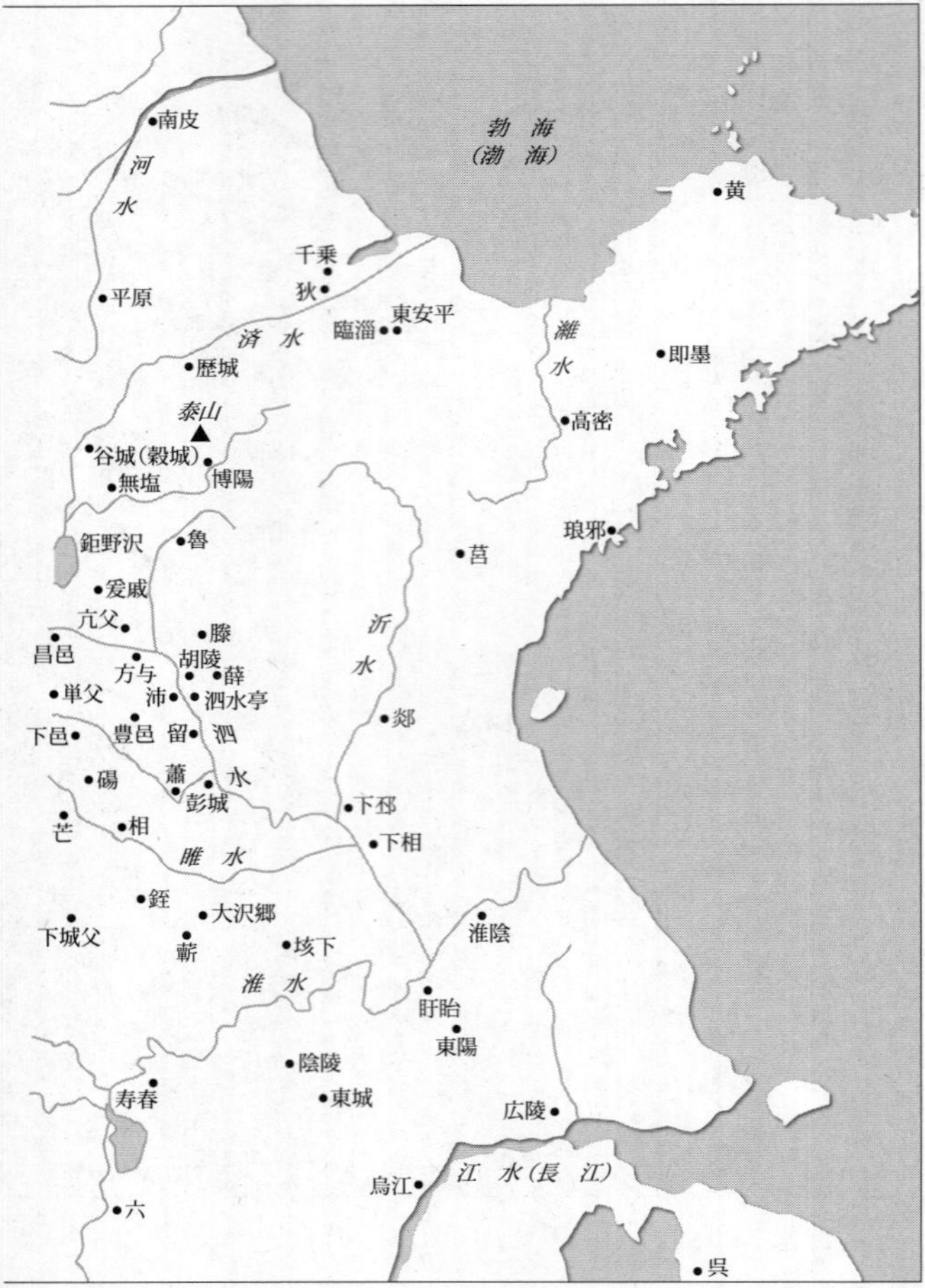

南皮
河
水
勃　海
（渤　海）
黄
千乗
狄
平原
東安平
臨淄
済　水
濰
水
即墨
歴城
泰山
高密
谷城（穀城）
博陽
無塩
琅邪
鉅野沢
魯
莒
爰戚
亢父
滕
沂
昌邑
胡陵
水
方与
薛
単父
沛
泗水亭
郯
下邑
豊邑
留
泗
蕭
水
碭
彭城
下邳
芒
相
下相
睢　水
銍
大沢郷
淮陰
下城父
蘄
垓下
淮　水
盱眙
東陽
陰陵
寿春
東城
広陵
烏江
江　水（長　江）
六
呉

秦末概念図（県単位）

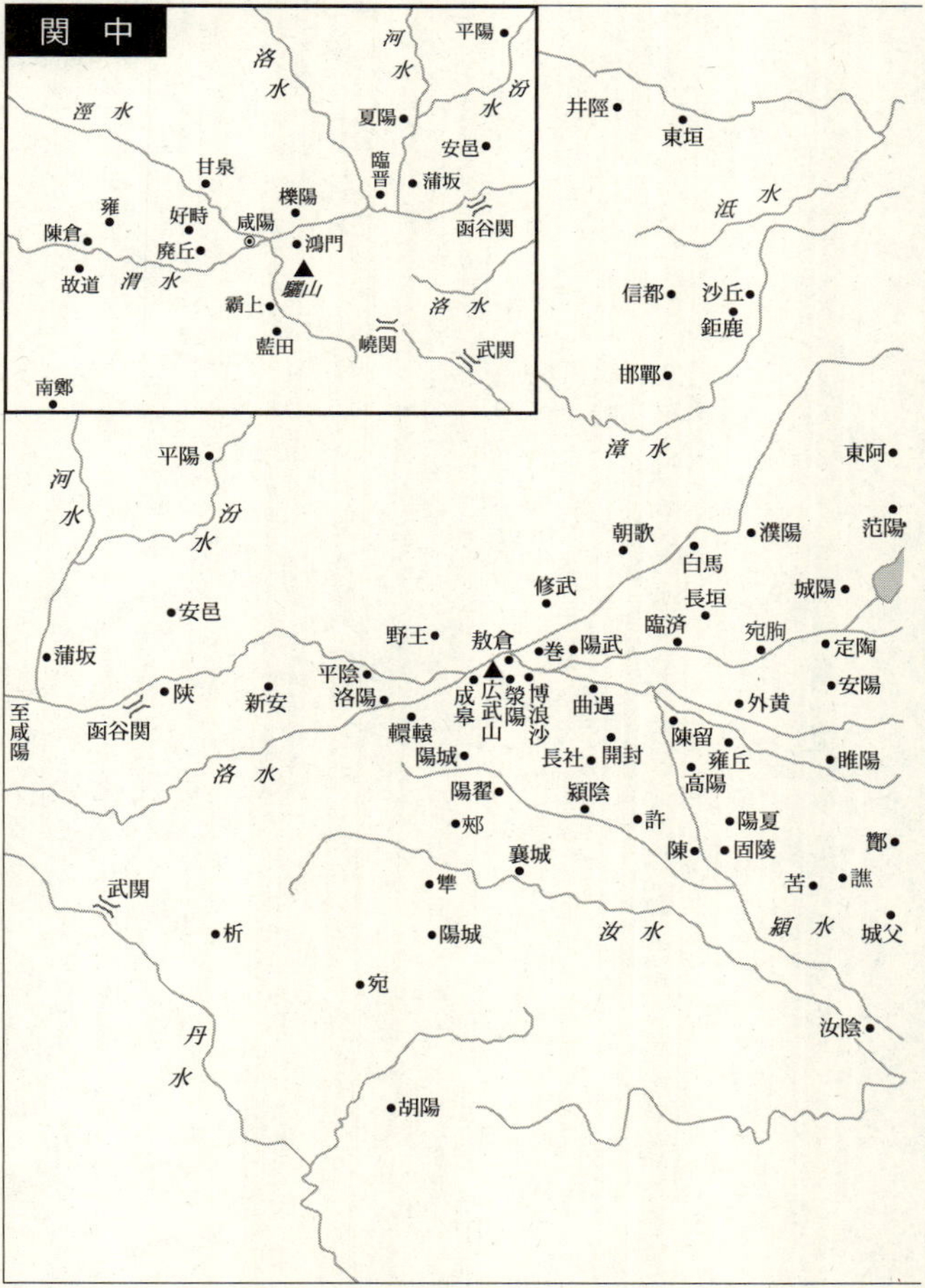
関中
河水
洛水
平陽
汾水
涇水
夏陽
安邑
臨晋
蒲坂
甘泉
櫟陽
雍
好畤
咸陽
函谷関
陳倉
廃丘
鴻門
故道
渭水
驪山
霸上
洛水
藍田
嶢関
武関
南鄭
井陘
東垣
泜水
信都
沙丘
鉅鹿
邯鄲
漳水
東阿
平陽
河水
汾水
朝歌
濮陽
范陽
白馬
修武
長垣
城陽
安邑
野王
敖倉
臨済
宛朐
定陶
蒲坂
巻
陽武
平陰
広武山
成皋
滎陽
博浪沙
曲遇
外黄
安陽
至咸陽
陝
新安
洛陽
函谷関
轘轅
陳留
長社
開封
雍丘
睢陽
陽城
高陽
洛水
陽翟
潁陰
許
陽夏
郟
陳
固陵
酇
襄城
犨
苦
譙
武関
析
陽城
汝水
潁水
城父
宛
汝陰
丹水
胡陽

挿画　原田維夫

劉邦（一）

月下の五彩

月下に、五彩《ごさい》の気《き》が立った。

五彩は、五色といいかえてもよい。青、黄、赤、白、黒の五つの色をいう。

それを観《み》た石公《せき》は、おもわず、

「まさか――」

と、声を揚《あ》げて、左右の剣士と背後のふたりの弟子の足を停《と》めさせた。

「石公、どうなさった」

そう問うた剣士は、石公の腕があがり、その指が虚空をさしているのをみて、眉《まゆ》をひそめた。うしろの弟子はすぐに勘《かん》づいて、

「先生は、五彩の気を発見なさったのですか」

と、おどろきと喜びを口にした。

「ほれ、ほれ、観えるではないか。あれよ、あれ」

石公の口調にはずみがある。足もはずみはじめた。

——これで、死なずにすむ。

この意《おも》いは、弟子もおなじであろう。

石公は秦《しん》王朝の方士《ほうし》である。方術《ほうじゅつ》の士を短縮して、方士という。方術とは、

「医術」

「占星術」

「卜占術《ぼくせんじゅつ》」

「手相、人相の術」

などをいうが、方士はふたつの術を兼《か》ねることは許されなかった。石公はふたつどころか三つも四つも術を知っていたが、いちおう卜占術士となっていた。なにしろ、王朝の方士は多い。秦の始《し》皇帝は、

「天下の方士を、ことごとく集めた」

と、豪語《ごうご》したように、占星術士だけでも三百人もいた。かれらの知識と術は、内政や軍事などに活《い》かされるべきであったのに、始皇帝の関心が、

「不老不死の薬を得たい。それを得られないのであれば、不老不死の仙人の術を知りたい」

という一点にしぼられたため、方士は各地にちらばり、奔命《ほんめい》に疲れはてた。石公も不老不死に関する情報を求めて、むなしく辺地《へんち》をめぐったひとりである。

手ぶらでもどってきた方士たちは、始皇帝の機嫌の悪さを畏《おそ》れた。このままでは、処罰されるのではないか、と愁《うれ》えた。はたして方士のなかの侯《こう》公と盧《ろ》公が逃げて、ゆくえをくらました。石公は逃げおくれたため、逮捕された。激怒した始皇帝によって坑殺《こうさつ》されそうになったのである。

――いつかこうなるとおもった。

最悪の事態を予想していた石公は、逮捕される直前に、上訴文《じょうそ》を捕吏《ほり》の長官に託《たく》した。

「王朝の命運にかかわることです。なにとぞ、なにとぞ、皇帝のお手もとにとどきますように――」

石公は血を吐かんばかりに訴願《そがん》した。

さいわいなことに、この上訴文は始皇帝の目のとどくところまでのぼった。ついでにいえば、始皇帝という人は実際にみずから政務にあたり、政治を大臣たちにまかせなかった。重大事だけではなく軽いこと、こまかなことまで、みずから判断し、決定をくだした。それゆえ奏上《そうじょう》の文書がたまりにたまり、その量は、衡石《はかり》ではかるほどであったという。

上訴文に目を通した始皇帝は、即座に、

「よし、石生《せきせい》の処刑をやめよ。韓生《かんせい》もだ」

と、命じた。生、は学生ということではなく、公、とおなじ敬称である。韓生も韓公と呼ばれ、方士のひとりである。つまり始皇帝のまえには、似たような内容の上訴文がふたつあった。

方士のなかで始皇帝にもっとも親しく近侍していたのは、侯公と盧公である。あるとき石公が盧公と歓談しているうちに、

「ちかごろ主上《しゆじよう》は、東南に天子の気がある、とよくこぼされる」

という話が、盧公からだされた。

——われは気を観ることに、長じている。

石公には自信があった。東南から立ち昇る天子の気を発見したい、と始皇帝に訴えたくなったが、そのときはやめた。が、処刑されるとわかった石公は、

「皇室と王朝を害しかねない妖気《ようき》を、われなら、みつけるだけでなく消すこともできます」

と、上訴し、これが聴《ゆる》された。

始皇帝の命令をうけるべく、呼びつけられたのが、自分ひとりではなく、韓公の顔をみた石公は、

――おなじ発想で、急場《きゅうば》をしのいだか。

と、内心笑った。

始皇帝の命令の内容は過酷《かこく》であった。

「一年以内に、東南の妖気を消すこと。それができなかったときは、いのちはないとおもえ」

ふたりにはそれぞれふたりの剣士が付いた。任務をまっとうできなかった場合、この剣士たちが、ふたりの処刑者となる。

帝都である咸陽《かんよう》をでて東へむかった石公と韓公は、函谷関《かんこくかん》をすぎてから、監視者でもある剣士たちの目をぬすんで、密談をおこなった。

ふたりは顔をあわせたとたん、まず嘆息しあった。

むりもない。両者の妻子は人質として咸陽にとめおかれている。また、両者はふたりの弟子の随従《ずいじゅう》をゆるされたが、かれらも人質といってよい。

――逃亡すれば、弟子と妻子は斬られる。

「こうなったかぎり」

と、石公が語りはじめた。

「どうしても妖気を発見しなければならないが、あなたはその妖気がじつは天子の気であることを、知っていますか」

「知っている。侯公からきいた。天子の気といえば、五彩の気でしょう。その気が関中《かんちゅう》に立たずに、東南に立っている、とはどういうことであろうか」

関中とは、関所のうち、をいう。

秦にはもともと四つの関塞《かんさい》がある。

「東の函谷関」

「西の隴関《ろうかん》」

「北の蕭関《しょうかん》」

「南の武関《ぶかん》」

この四大関塞で守られていたのが、天下統一をはたすまえの秦国の原形であり、統一後は関中とよばれている。

「わたしもそれが解《げ》せないのです。秦王朝が盤石《ばんじゃく》の王朝ではないことはわかっています。以前、海を渡って不老不死の薬をさがしていた盧公が、予言書をもちかえってきました。その書のなかに、秦を亡《ほろ》ぼす者は胡《こ》なり、と書かれていたことを知っていますか」

「はじめてきいた。胡とは、北方の異民族で、東南にはいない」

韓公は首をかしげた。

「そうなのです。いつか胡族が長城《ちょうじょう》を乗り踰《こ》えてなだれこんでくる。それによって秦王朝は滅亡する。その後、天子として立つ者が、東南にあらわれる。そう考えるしかありません」

「しかし……」

首をふった韓公が、すこし語気を強めた。

「天子の気が立つのが、早すぎはしないか。気は遠い未来を予言しない。近い将来を知らせるものだろう」

「そうなのです」

石公はうなずいた。

秦の始皇帝は、秦王朝を滅亡させるものが朔北《さくほく》に勢力を保っている胡族であると知るや、将軍の蒙恬《もうてん》に三十万の兵を与えて、胡族を征伐させた。胡族は騎射《きしゃ》すなわち馬上で矢を射ることに長じた狩猟民族である。その戦闘集団は騎兵隊が主となるので、移動に速さがあり、神出鬼没であるといってよい。が、名将の蒙恬はてぎわよくかれらを駆逐《くちく》した。そのため朔北において異民族に寇掠《こうりゃく》されたという報告がまったくといってよいほどなくなった。なおも用心を忘れない始皇帝は、いつでも関中の兵を朔北に急行させせられるように、北辺の九原《きゅうげん》と咸陽に近い雲陽《うんよう》の間に、「直道《ちょくどう》」を造った。これは軍事用の道路ではあるが、アジアで最初にできたハイウェイである。その距離は六百キロメートルをこえた。

くりかえすが、頽弊《たいへい》した胡族は、蒙恬の武威《ぶい》を畏れて長城から遠ざかったのである。とても十年以内に勢力をもりかえして秦王朝をおびやかすことになるとは想《おも》われない。

「当分、胡族は攻めてこない。すると秦王朝はゆらぎもしない。それにもかかわらず、東南に天子の気があるとは、どういうことであろう。東西にふたりの天子が立つことになるのかな」

始皇帝は東南に立ち昇った邪気を、天子の気とみまちがえたのではないか、と韓公はおもいはじめた。

「皇帝は感覚のするどいかたです。遠望した視界に、天子の気が立ったことは、まちがいありません。わたしはさまざまな気を観てきましたが、いまだに天子の気を観たことはありません。それでも、その気が五彩であることは、疑う余地がありません。ただし、わたしやあなたの目に映《うつ》る気も、ほかの者にはみえない場合が多い。自分で捜す気にならないと、みのがしかねない」

探索《たんさく》を弟子まかせにすると、いのちとりになりかねないということである。

「こころして、みつけてみせよう」

韓公の表情がひきしまった。

「それで……、どこを捜すか、ということですが……」

石公は二枚の白布《はくふ》をとりだして、一枚を韓公に渡した。白布には多くない郡名と県名が記入されていた。いわば簡単《かんたん》な地図である。

ちなみに、行政区域の大小をいえば、県より郡のほうがはるかに大きい。

始皇帝は天下統一をはたしたあと、天下を三十六に分けて、すべてを郡とした。すなわち、自分の子にも功臣にも国を与えなかったので、王、公、侯の国はひとつもなく、天下のすみずみまで皇室の直轄《ちょっかつ》地であるといってよい。なおそれらの郡は、ひとつのこらずおぼえる必要はないが、今後の事件に大いにかかわるところがでてくるので、いちおうここで羅列《られつ》しておく。

漢中《かんちゅう》郡　巴《は》郡　蜀《しょく》郡　上《じょう》郡　河東《かとう》郡
隴西《ろうせい》郡　北地《ほくち》郡　南《なん》郡　黔中《けんちゅう》郡　南陽《なんよう》郡
三川《さんせん》郡　上党《じょうとう》郡　太原《たいげん》郡　東《とう》郡　雲中《うんちゅう》郡
雁門《がんもん》郡　潁川《えいせん》郡　邯鄲《かんたん》郡　鉅鹿《きょろく》郡　広陽《こうよう》郡
漁陽《ぎょよう》郡　右北平《ゆうほくへい》郡　遼西《りょうせい》郡　碭《とう》郡　薛《せつ》郡
泗水《しすい》郡　陳《ちん》郡　九江《きゅうこう》郡　長沙《ちょうさ》郡　会稽《かいけい》郡
閩中《びんちゅう》郡　遼東《りょうとう》郡　上谷《じょうこく》郡　代《だい》郡　斉《せい》郡　琅邪《ろうや》郡

天下統一までの郡の設置としては、漢中郡がもっとも早く、斉郡と琅邪郡がもっとも遅かったと想ってよい。ちなみに、以後、郡の数は三十六にとどまらなくなった。

さて、簡単な地図を韓公に渡した石公は、

「いまわれらは三川郡にいます。ここは咸陽からみて東であり、東南ではありません。ゆえに、あなたにはここから南路をとってもらい、南陽郡と陳郡をめぐってもらい泗水郡でわたしと合流していただきたい。わたしは碭《とう》郡を経て、泗水郡へゆきます」

と、道順を示した。うなずいた韓公は、

「泗水郡で再会するまでに、天子の気を発見できなければ、淮水《わいすい》を渡ることになる。淮水より南を、東南のうちにふくめてよいのだろうか」

と、懸念《けねん》を口にした。

「淮水より南は、やはり南と見るべきでしょう。そんな南の郡をめぐるまえに、一年という時間は、訖《つ》きてしまい、われらの屍《しかばね》は淮水に浮かぶことになりましょう」

「そうだな。どうしても淮水の北で、天子の気をみつけなければならない。弟子を奔《はし》らせて、連絡をとりあうことにしよう」

韓公と石公は綿密《めんみつ》に旅程を確認しあった。

翌日、韓公と別れた石公は、三川郡を東行して、碭郡へむかった。

――三川郡は、精査《せいさ》する必要はない。

と、石公は心のなかで断定した。咸陽からみて、東南にあたらないこともさることながら、三川郡は秦に併呑《へいどん》されるまえは、周《しゅう》と鄭《てい》という国があり、それらの国々は秦にたいして向背《こうはい》をくりかえして摩耗《まもう》していったにすぎないからである。つまり秦の強大な力に抵抗しつづけたわけではなく、しばしば妥協《だきょう》し、順服《じゅんぷく》した。そういう国々の遺民《いみん》のなかから、秦王朝をおびやかすほどの傑人《けつじん》があらわれるとはおもわれない。

――臥龍《がりよう》がいるとすれば、陳郡か碭郡だろう。

石公はそう予想した。

陳郡の郡府が置かれている陳県に、かつて楚《そ》の国の首都があった。楚は秦にさからいつづけた国のひとつであり、楚の遺民たちはいまでも秦を怨《うら》みつづけているであろう。

碭郡の大半は、昔の魏《ぎ》の国である。

戦国時代の初期から、魏は主導《しゅどう》的な国で、魏の国主《こくしゅ》は諸侯の盟主であった。西方の国であった秦は魏を恐れて、勢力を東にのばすことができない時期が長かった。しかしながら戦国時代の中期に、魏は偉材を他国に流出させるという失策をおかしたため、覇権《はけん》を失い、盟主の地位からおりた。以後、秦との戦いはつねに苦戦といってよく、国土も減少の一途をたどったが、それでも秦と戦いつづけて、滅んだ。魏の遺民は誇りが高く、秦を嫌いつづけている。

――碭郡は、よくみておこう。

三川郡から碭郡へはいったとたん、石公の足どりは極端にゆるやかになった。大梁《たいりよう》に宿をとった石公はしばらく動かなかった。

「ここは魏の首都があったところです。この周辺は、注意深く視《み》る必要がありま す」

と、石公はふたりの剣士に説明した。

が、半月が経《た》っても、立ち昇る気をみつけることができなかったので、やむなく石公は腰をあげた。

――咸陽からみえた気が、ここにきたのでみえなくなったということは、ありえない。

地に落ちている物を拾いにきたのではない。

ひと月半をつかって碭郡のなかを巡り終えた石公は、首をひねった。

――見当ちがいであったか……。

碭郡の郡府がある睢陽《すいよう》にとどまった石公は、南陽郡を巡り終えたはずの韓公に使いをだそうとした。そのとき、韓公の弟子が使者として到着した。

「淮水の南に妖気が立った、といううわさがありますので、わが師は、淮水をくだって、衡山《こうざん》郡と九江郡を巡ることにしました。それゆえ陳郡はあなたさまに巡ってほしいとのことです。再会の地は、東海《とうかい》郡の下邳《かひ》で、ということをお伝えにきました」

「わかりました」

石公はあいまいにうなずいた。

淮水の南にある郡は、最初、探索から除外した。が、それらの郡から妖気が立ったとなれば、当然、つきとめにゆかねばならない。

——しかしそれは妖気であって、五彩の気ではあるまい。

石公は自説にこだわった。だが、自信はゆらぎつつある。

弟子のひとりが耳うちをした。

「皇帝は十月に出遊《しゅつゆう》なさったそうです」

秦王朝の暦《れき》では、十月は今年であり、昨年ではない。

つまり秦王朝は年のはじめを十月に置いた。一年は冬からはじまり、秋で終わる。

石公と韓公は晩秋に咸陽をでて、まもなく三か月が経とうとしている。

「ふむ、知っている……」

始皇帝が旅行にでたといううわさを、石公の耳も拾った。始皇帝が一年以内に咸陽にもどらなければ、石公と韓公には多少の延命《えんめい》が与えられる。

——だが、楽観は禁物である。

始皇帝はなにごとにも、容赦《ようしゃ》、をみせたことがない。

石公は気をひきしめて、陳郡へむかった。

焦《あせ》りをつのらせはじめた石公は、陳郡をひと巡りすると、予定になかった隣接する潁川郡にも足を踏み入れた。それら二郡のたんねんな巡検《じゅんけん》が終わると、春がすぎていた。

——あとは、泗水郡と東海郡か。

東へむかった石公の足どりは重くなった。予想がことごとくはずれたことによる心の疲労もある。

泗水郡の大半は、旧楚国の版図《はんと》のなかにあった。北部の一部は魏にかかっていた。この郡が設置されたのは、魏が滅亡した翌年で、十四年まえである。おなじ年に、秦は六十万という兵をもって楚を攻め、楚軍を大敗させた。

——泗水郡は、魏や楚の怨念《おんねん》が籠《こ》もっている地ではない。

ゆえにそこから英雄はでない、と石公は心のなかで断定しているが、重視した碭郡と陳郡をどれほど歩いても、天子の気を発見することができなかったとなれば、移動するしかない。

泗水郡の郡府のある相《しょう》県に到着したとたん、弟子のひとりが血相《けつそう》を変えて報告にきた。

「薛郡と東郡の境に、龍がおりたそうです。龍がふたたび天に昇るとき、五彩の気が立つのではありますまいか」

「ふむ……」

石公は関心を示さなかった。古来、龍が水を飲むために地におりてくるとき、

「蜺《にじ》が架《か》かる」

と、いわれている。にじのことは、虹橋《こうきょう》とも虹蜺《こうげい》ともいわれるが、それは七色すなわち七彩であり、五彩ではない。それにそれは天子の気ではない。

だが、石公の冷淡さをみても、ふたりの弟子は退かなかった。師が斬られるとき、弟子も誅《ころ》されるのである。時間がないとわかれば、藁《わら》にもすがりたくなる。ふたりの剣士も、

「石公どのよ、みに往かれたらどうだ。双龍《そうりゅう》が争って、地に堕《お》ち、しばらく起《た》てないということだ。北の郡のできごとが、ここまでうわさとなってながれてきたのは、よほどのことではあるまいか。われらは九月の末に、あなたを斬るように皇帝から命令されている。すでに四月であり、あと五か月余しかない。いっしょに旅をしているあなたを斬るにしのびなくなってきた。早く、天子の気をみつけてもらいたい。すこしの手がかりも、軽視してはなるまい」

と、いった。これほど噪《さわ》がれると、

――それも、そうか……。

と、考えをあらためざるをえなくなった石公は、いそぎ足で、北へむかった。薛郡と東郡が接しているところに、済水《せいすい》という川がながれている。めざしたのは、そこであった。

目的地までは、かなりの距離である。

直線でも、およそ五百六十里もある。里は聚落《しゅうらく》の規模をあらわすが、距離にも用いる。秦の時代の一里は、四百五メートルであるから、五百六十里は、約二百二十七キロメートルである。だが、人は目的地までまっすぐにはいけない。ときには山道を歩き、ときには川を渡らなければならない。

石公と随行者たちは、方与《ほうよ》という邑《まち》の北をながれる川を渡るまえに、大雨に遭《あ》い、小さな洪水が起こって道が水没したため、前進も後退もできず、方与にとどまったまま日数を浪費した。方与は薛郡の西南端にある邑で、ようやくこの邑をでたとき、五月の中旬にさしかかった。

――六月朔《さく》(一日)には、韓公と東海郡の下邳で会うことになっている。

ひきかえしたいという気持ちが生じた。石公はまだ泗水郡のなかを巡検していないのである。だが、せっかくここまできたのだから、という意いも強く、けっきょく方与から北へすすみ、鉅野沢《きょやたく》という巨大な沢を避けるように、東へ迂回《うかい》してから、また北上した。

渋面《じゅうめん》の弟子が報告にきた。

「凶《わる》いお報《しら》せです。二匹の龍は死んだそうです。この暑さですから、腐爛《ふらん》も早く、悪臭《あくしゅう》を放つようになったところ、さきの大雨によって、川までながされて、消え去ったということです」

「そうか……」

石公は怒る気にもなれなかった。むだ足になるとわかっていても、ゆかねばならないときもある。弟子の必死さを、冷笑してしりぞけるわけにはいかなかった。

剣士と弟子を集めた石公は、

「双龍が消えた以上、復《かえ》りますが、泗水郡をみまわっているゆとりをもちません。とにかく下邳に直行します。韓公と会って、今後の策を立てます」

と、いった。

——下邳までは、すくなくとも六百五十里はある。

毎日五十里すすんでも、十三日はかかる。そう胸中で計算した石公は、南下して

薛郡と泗水郡の境までくると、

「夜も歩かないと、まにあわない」

と、いい、欠けつづける下弦《かげん》の月をときどき仰ぎながら、息を荒らげた。

だが、この夜行《やこう》が石公を奇蹟《きせき》に近づけた。

弟子に炬火《きょか》をもたせて、草の多い路をすすんでいた石公が、星の位置をたしかめるべく目をあげたとき、視界のすみに彩々《さいさい》と光の柱が立った。

——こんな夜に、こんなところで、なぜ。

あたりに人家はまったくなく、田圃《でんぽ》さえない草萊《そうらい》の地である。鳥獣《ちょうじゅう》しかいないはずなのに、まぎれもなく五彩の気が立ち昇っている。その疑念をかなぐり棄《す》てるように、石公は喜びを爆発させた。

「ほれ、ほれ、あれ、あれ」

小躍《こおど》りする石公のゆびさすほうをみた剣士の目には、とぼしい月光がふっている虚空しかみえない。

「もっと近づけば、わかります」

歓喜そのものとなった石公は、荒い手つきで草をかきわけてすすみ、見通しのよいところにでた。近くに小さな川がながれている。

「川のほとりに、人がいます。小用《こよう》をたしているのでしょう。わかりますか。あの男です。あの男を斬ってください」

と、石公はゆびさしながら、剣士たちの背をおすようにいった。

五彩の気を放っているのは、川のほとりの小さな影である。

ふりかえったふたりの剣士は、

「われらには天子の気はみえぬが、あの男でまちがいないのだな」

と、念をおした。大きくうなずいてみせた石公は、

「天に昇る気で、月の光は消され、川は五彩にきらめいているではありませんか。まちがいありません。あの男です。しかも、たったひとりです。あの男を斃《たお》せば、われらは胸を張って咸陽に帰ることができるのです」

と、語気を強めた。

「わかった」

ふたりの剣士は目くばせをして、男をはさみ撃ちにすべく、まわりこんだ。男は農夫ではない。剣をもっている。しかも冠をつけている。庶民ではないということである。庶民は成人になると幘《さく》（ずきん）をつける。

遠くで見守っている石公は、

「剣士はいずれもそうとうな使い手だ。皇帝が選びに選んだ剣士だからな。あの男は、のがれようもない」

と、弟子にささやいた。

月下に、孑然《けつぜん》と立っている男の氏名は、

「劉邦《りゅうほう》」

と、いう。ちなみに、あざなは、

「季《き》」

である。昔から成人となった者は、名とあざなをつかいわける。名は、家族および親族のなかで用いるが、主従あるいは師弟関係が生じた場合、下の立場にあって使用する。それ以外、つまり世間に対しては、あざなを用いる。それゆえ、劉邦は、

「劉季《りゅうき》さん」

とか、

「季さん」

と、呼ばれるばかりで、邦という名はほとんど知られていない。なお、季は末子または四男をあらわすが、奇妙なことに、劉邦は三男である。早世《そうせい》した兄がいるのかもしれないが、それについて劉邦は、いちども、たれからも、おしえられたこと

はない。さらに奇妙なことに、劉邦には異母弟がいる。

いつ、たれに産ませた子であるのか、父はいっさい語らない。

——ああみえて、父は女ずきなのだ。

最近、父に会うことはほとんどないが、会えばかならず肩で笑った。父は、女にはまったく興味がない、という顔をつねにしている。その父は、老いてきたが劉邦自身も気がつけば四十七歳である。

泗水亭《しすいてい》の長に任命されてから十四年が経った。

亭は最小の行政区であると同時に最小の警察署である。亭の建物は二階建てで、二階の座敷は、旅行する官吏《かんり》の休息所にあてられる。それゆえ亭長は、行政官であり、警察署長であり、駅長でもあった。

この日、劉邦は出動を命じられた。中央政府の顚覆《てんぷく》をたくらむ賊のひとりである、

「寧《ねい》君」

という者が、配下をつかって大量の武器を運搬中なので、かれらを捕斬《ほざん》せよ、という命令である。郡内の吏人《りじん》が多数でて、捜索にあたったが、みつけることができず、夜になり、露宿《ろしゆく》することになった。夜なかに起きることのない劉邦は、この夜はなぜか寝ぐるしく、ついに立って、小川のほとりまで歩いてゆき、汗をふいた。

背後に、殺気を感じた。

――こんな近くに、賊がいたのか。

劉邦はふりかえらず、剣把《けんぱ》に手をかけた。

祖龍の死

劉邦《りゅうほう》は天性《てんせい》の勘《かん》をもっている。

この勘のよさが、しばしばかれを救ってきた。

若いころのかれは、家業をつげないがゆえに、

「少年《しょうねん》」

と、呼ばれた。この少年とは、成人になるまえの男子を指すが、成人となったあとに就業せず、毎日ぶらぶらしている不良男子をも指す。この種の少年たちは、家にいられないので、県内をさまよい、ついには豪族や富家《ふか》に養ってもらうために県外を歩くようになった。二十代の劉邦も、そのひとりであった。そのころというのは、秦《しん》が天下統一をはたすまえで、

「七雄《しちゆう》」

と、呼ばれた国、すなわち、斉《せい》、楚《そ》、秦、燕《えん》、趙《ちょう》、魏《ぎ》、韓《かん》が存在し、争いつづけ

ていた。

劉邦はしばしば魏の外黄県《がいこう》へ行った。その県を治める張耳《ちょうじ》が義俠《ぎきょう》の人であるとき、その家にころがりこんで客となり、半年ちかく食べさせてもらったこともある。だが、そういう渡世《とせい》も、秦の中原《ちゅうげん》平定がすすむと、きゅうくつになり、魏が滅亡したあと、劉邦は地元の沛県《はい》の吏人《りじん》たちの推薦によって、沛県から百歩《ぽ》（百三十五メートル）東にある泗水亭《しすいてい》を管理する長に任命された。これは幸運というべきであろう。浮浪《ふろう》の少年たちは、けっきょく富人《ふじん》や有力者の手先となって生涯酷使されつづけるのがふつうであるのに、劉邦は下級ではあるが吏人になれたのである。くりかえすことになるが、吏人になったとき、劉邦は三十歳をすぎていた。が、いまや、四十代の後半である。

「賊である寧君《ねいくん》を捕斬《ほざん》するため、出動せよ」

という郡守《ぐんしゅ》の命令を劉邦につたえるべく、泗水亭にきたのは、郡の卒史《そつし》（下級の吏人）の周苛《しゅうか》である。

周苛と話しはじめた直後、泗水亭のまえをおもいがけない人物が通過した。

劉邦の肝《きも》が冷《ひ》えた。

――あれは、貫高《かんこう》と趙午《ちょうご》ではなかったか。

劉邦の目のよさは、勘のよさとつながっている。

貫高と趙午は、かつて張耳の食客《しょっかく》であった。だが、おなじ食客でも、かれらは劉邦とちがって張耳に絶大に信用されていた。身内同然であった。

魏の国が滅んだあと、外黄令《がいこうれい》の張耳はゆくえをくらました。秦の政府は、張耳が輿望《よぼう》のある名士であると知り、もっとも危険な人物であるとみなして、

「張耳を捕らえた者には、千金をさずける」

と、諸郡に通達した。皮肉なみかたをすれば、このことが劉邦を官途《かんと》に就《つ》かせたといってよい。無為《むい》に日々をすごしていた劉邦は、突然、沛県の令に呼びつけられ、

「なんじは若いころに張耳の家に出入りしていたそうだな。張耳ばかりではなく、その連類《れんるい》の陳余《ちんよ》にも、賞金が懸《か》けられた。なんじは求盗《きゅうとう》としてかれらを捕捉《ほそく》せよ」

と、命じられて、泗水亭に赴任《ふにん》することになったのである。ちなみに求盗は、盗賊を逐《お》い捕らえることである。

これはみかたによっては、毒をもって毒を制するやりかたである。闇の世界に目が利《き》く者をつかって、闇の底にひそんでいる賊をみつけようとした。

おもいがけなく吏人となった劉邦だが、

——われが張耳を売るかよ。

と、腹のなかで嗤《わら》った。

歳月が経《た》っても、張耳のゆくえは杳《よう》としてわからなかった。が、劉邦は、もしも張耳が陳余とともに逃げたのであれば、逃亡先は河水《かすい》（黄河）より北だろう、と想《おも》った。陳余の妻の父は公乗《こうじょう》氏といい、旧趙《ちょう》国の富人である、ときいたことがある。ところが、張耳の股肱《ここう》というべき貫高と趙午が泗水亭のまえを通ったとなれば、張耳は北へ逃げず、南へ奔《はし》ったことにならないか。劉邦はそのふたりの後ろ姿を目で追った。

「どうしました」

と、周苛はいぶかり、ふりかえった。

「いや、なんでもない。それで、その賊の名は――」

「寧君といいます」

張耳ではない、とわかって、劉邦はひそかに胸をなでおろした。

「寧君は狡賢《ずるがしこ》い賊で、郡界《ぐんかい》を往来しています」

と、周苛はてみじかに説明した。

「なるほど――」

劉邦は小さくうなずいた。郡界とは郡境のことである。つまり寧君は郡吏《ぐんり》に追われると、すぐに隣接する郡に逃げ込んでしまう。管轄のちがう郡に他郡の吏人は踏み込めない。

「すると、今度も、おなじことにならないか」

泗水郡の北隣に薛《せつ》郡がある。せっかく寧君を泗水郡内でみつけても、薛郡にはいって追いつづけることはできない。

「そこで、今度は、薛郡も同時に人をだして、郡界を見張る、ということです」

「ほう、そんな大物なのか。だいいち寧君の面貌《めんぼう》は、わかっているのか。どんな男だ」

「わかっていません」

周苛は苦笑をまじえて答えた。

「わかっていない」

劉邦は大口をあけて笑った。

「ひとつ、わかっていることは、寧君が所持している剣の把手《はしゅ》に、美しい貝があしらわれている、ということです」

劉邦は急に笑いを斂《おさ》めた。螺鈿《らでん》の剣把《けんぱ》は、みたことがある。

――そうだ。張耳がもっていた。

そういう実戦むきではない美しい剣を食客たちにみせた張耳は、

「これは信陵君《しんりょう》から賜《たまわ》ったものだ」

と、大いに自慢した。食客たちが閉口するほど張耳が自慢したのもむりはない。劉邦だけではなく、劉邦の世代の人々にとって、信陵君は伝説的英雄であった。魏王の子であった信陵君は、天下の名士を集めておのれの客とした。その客のひとりとなった張耳は、その事実が、生涯の誇りであった。

――われは遅く生まれすぎたかな。

武辺を好む劉邦のあこがれのまとも、信陵君であった。あの強大で無敵というべき秦軍を木端微塵《こっぱみじん》にうちくだいたのは、信陵君だけである。

「一時《いっとき》後に出動します。それまでに、沛県の広場にきてください」

そういった周苛は、あわただしげに泗水亭をでていった。わずかに黙思《もくし》した劉邦は、亭外に飛びだすと、南にむかって趨《はし》りはじめた。

――足がはやいな。

劉邦は半里ほど趨り、ようやくふたりの影を視界にとらえた。

「おおい――」

と、呼び、この声がとどいたらしく、ふたりがふりかえったのをみて、劉邦は趨るのをやめた。急にからだが汗っぽくなった。

「貫高どのと趙午どのであろう」

劉邦にそういわれたふたりは、わずかに身構え、すこし笠をあげた。が、無言である。

「劉季《りゅうき》です。憶《おぼ》えておられぬか」

笠をあげたままのふたりは、あらためて劉邦を凝視《ぎょうし》し、かすかに鼻哂《びしん》した。

「そのみなりでは、なんじは官のうすぎたない手先になりはてたようだな。われらを捕らえんと追ってきたか」

と、いったのは貫高である。

つねに張耳の左右にいた貫高と趙午は、むろん年齢は劉邦より上で、食客のまとめ役であり、若い劉邦に目をかけてくれた。が、ここでは、劉邦にむかって憎悪と侮蔑《ぶべつ》をむきだしにした。魏という国をなつかしみ、義侠に殉《じゅん》じようとしているふたりにとって、魏を滅ぼした秦の小吏《しょうり》となった劉邦などは、けがらわしい虫けら同然である。

劉邦は憮《むっ》としたが、怒気をおさえて、

「まさか、張耳どのは寧君という仮名《かめい》をおつかいになってはいまいな」

と、いった。趙午はいちど貫高に目をやってから、

「その寧君が、どうした」

と、劉邦に問うた。

「これから寧君と配下を捕斬するため、大がかりな捜索がはじまります。もしも寧君が張耳どのであれば、郡界を通ることがいのちとりになります。そうお伝えねがいたい」

ふたりは劉邦の説明に反応を示さず、きびすをかえして、歩きはじめた。

——無礼なふたりだな。

小腹《こばら》を立てながら、劉邦はしばらくふたりの影が遠ざかるのを見守っていたが、

——あのふたりも張耳のゆくえを知らない。

と、感じるようになった。ふたりは張耳を捜しまわっているようにみえた。そうなると、寧君が張耳なのか、別人なのか、あのふたりにもわからないということになる。

泗水亭にもどった劉邦は、身支度《みじたく》を終えて沛県へむかった。

五月の下旬は、夏の盛りといってよい。

沛県の城壁が焼け焦《こ》げたように黒々とみえた。城門をすぎると、目のまえに立っ

ていたのは、周昌《しゅうしょう》である。

泗水亭に伝達にきた周苛は、

「周昌の兄」

と、呼ばれているが、正確には、周昌の従兄《じゅうけい》である。この従兄弟は沛県の生まれで、いまは周昌も泗水郡の府で、卒史として勤めている。今日、周苛と周昌は連絡係りとして飛びまわっているのであろう。

「遅い、遅い、まもなく県丞《けんじょう》がおでましになる」

と、いらだちをかくさず、劉邦をせかした。

「ほう、今日は、県丞が引率してくれるのか」

丞は、たすける、と訓《よ》む。要するに長官の輔佐《ほさ》で、県にかぎっていえば、副県令を指す。

「郡監《ぐんかん》のお出張《でば》りゆえ、県としても、亭長にまかせておくわけにはいかない」

周昌は強い口調でいった。もともと沈毅《ちんき》な性格で、相手にまっすぐものをいう。ふしぎなことにかれの従兄の周苛は、劉邦にたいして鄭重《ていちょう》なことばづかいをする。

このふたりをみて劉邦は、

——人としては、周苛のほうが深い。

と、おもっている。

周昌とともに劉邦は広場にむかって趨《はし》った。広場に屯《たむろ》していた四、五十人が整列しはじめた。その列に劉邦がくわわる直前に、

「よっ、泗水の亭長よ、久しぶりじゃあねえか」

と声をかけられた。

その声の主をみた劉邦は、

「あっ、王《おう》氏……」

と、小さく叫び、目礼した。少年と呼ばれる手下を多数従えて立っている人物は、

「王陵《おうりよう》」

と、いい、いわば沛県の顔役である。遊侠《ゆうきよう》の道を歩いていたころの劉邦は、王陵に養ってもらい、かれに兄事《けいじ》したことがある。

王陵から遠くないところに立って、やはり手下を従えて、こちらをながめている人物の顔をみた劉邦は、

――雍歯《ようし》もきているのか。

と、おもい、この捜索が豪族を動員するほどの規模であることを、あらためて実感した。

劉邦は、

「生まれは――」

と、問われると、

「沛県」

と、答えることにしている。これは、いつわりではないが、正確には沛県に属している豊邑《ほうゆう》の中陽里《ちゆうようり》である。ふつう、郡のなかに県があり、県のなかに郷《きよう》があり、郷のなかに里がある。それゆえ豊邑は郷にあたるが、奇妙なことに豊邑と沛県はかけはなれている。すなわち豊邑は沛県の西八十里という距離にある。のちに豊邑は県に昇格するが、このころはまだ沛県の属地である。

雍歯はこの豊邑の豪族で、沛県の王陵と兄弟の杯を交《か》わしたといわれている。劉邦とは年齢が近いせいもあって、若いころには、ともに旅をしたこともある。だが、劉邦の家は貧しく、雍歯の家は富《と》んでいた。しかも雍歯は跡継《あとつ》ぎなので、家業を継げぬ劉邦との友情も、涼《うす》くなった。

かつて雍歯は、劉邦にむかって、

「われのもとの姓は、姫《き》、であり、遠祖は晋《しん》の公室からでた貴族であった。なんじの遠祖は、士会《しかい》、であろう。士会は晋の宰相《さいしよう》の位まで昇った切れ者だが、裔孫《えいそん》が凡《ぼん》庸《よう》だったな。政争に敗《やぶ》れて、晋を去らざるをえなくなった。まあ、それはそれとして、たがいの先祖は晋のために尽くしたのだが、仲よくやっていこうぜ」

と、いったことがある。

劉邦は父母や兄から遠祖と血胤《けついん》のことを教えられたことがなかったので、それは初耳であった。だが、あとでよく考えてみれば、

——雍歯はおのれの血胤を誇ったにすぎない。

と、わかった。

晋は春秋時代にあった超大国である。河水より北はすべて晋の国土であったといってもいい過言ではない。だが、国もみずからの大きさに耐えかねるときがくるのか、三つに割れて、晋という国名も消滅した。晋の後身《こうしん》というべき三国が、魏、韓、趙であった。その三国のうち、姫を姓とする王室は魏と韓であった。

——われの姓は、それらの王室と同じよ。

雍歯はそういいたかったのであろう。

かれは沛県の広場に趨ってきた劉邦を視《み》ても、声をかけなかった。ほどなく官衙《かんが》から県丞がおもむろにでてきた。馬車もひきだされたので、かれひとりが馬車に乗るのである。

捜索をおこなう四、五十人をまえに、県丞は、

「南下する賊が目撃されたのは、碭《とう》郡と薛郡の郡界である。寧君を首領《しゅりょう》とするかれらは、武器を運搬中の武装集団である。正確な人数はわからぬが、三十人ほどということである。ゆえに泗水郡の北部に位置する諸県は合同で捜索をおこなう。郡監さまは、夕方までに戚《せき》県におはいりになり、そこで指麾《しき》をなさる。賊は獰猛《どうもう》である。心してかかれ」

と、説明と訓辞を与えた。

ところで、郡の官吏の最上位には、

「守《しゅ》」

「尉《い》」

「監《かん》」

が置かれている。守は、行政の長官であるから、文官である。尉は、軍事の長官で、武官である。監は、監察の長官で、法官である。治安の維持《いじ》には、尉と監がかかわっているが、警察権を掌握《しょうあく》しているのは、どちらかといえば、監のほうであろう。

馬車に乗るまえに県丞は、わざわざ王陵と雍歯のほうに歩をすすめて、みじかく

ねぎらいのことばをかけた。軍でいえば、両者の多数の配下を、輜重《しちょう》または後軍《こうぐん》としてつかうということであろう。ふたりには当然のことながら、あとで県から優遇措置がほどこされる。

馬車に乗った県丞に、劉邦が呼ばれた。

「なんじは求盗に長じている。ゆえに、十数人を選んで先行し、偵察せよ」

県丞は実際の捜索を劉邦にやらせ、自身は街道の検問にあたるだけであろう。

十四人を選抜した劉邦は、北へ北へとすすんで、薛郡との境のあたりをさぐった。

日が西へかたむくのをみた劉邦は、

「そろそろ戚県のほうへ引き揚《あ》げよう」

と、いい、軽い疲れをおぼえながら、東へむかううちに、周苛と遭《あ》った。朝から東奔西走《とうほんせいそう》している周苛は、さすがに疲労困憊《ひろうこんぱい》で、劉邦の顔をみると倒れこむように木陰に誘った。

「戚県の近くには、すでに諸県の者たちが多くいて、いごこちが悪いですよ。県丞には、報告の者をひとり走らせておけばよく、このあたりで露宿《ろしゆく》しましょう」

捜索は三日間おこなわれる。

最初の日の食料は個人持ちだが、二日目からは郡から支給される。

「このあたりの水は、きれいだな」

と、いった劉邦は、随従《ずいじゅう》の者からひとりを選んで、

「夕食をとってから、県丞へ報告に行ってくれ。夜道を還《かえ》ってくるにはおよばぬ。明朝、ここにもどってくればよい」

と、いいつけ、ほかの者には、

「水を汲《く》んできてくれ。すこし早いが、夕食にしようや」

と、いった。目をあげた周苛は、

「なまけずに、務めたじゃないですか。みなおしましたよ」

と、皮肉をまじえずにいった。木陰に坐りなおした劉邦は、

「われはもともと勤勉《きんべん》よ」

と、いいかえして笑った。

だが、劉邦が勤勉であるはずがない。今日は、特別であった。他人より早く寧君の正体を知りたかったからである。かれは文字の手習《てなら》いをしたものの、学問にうちこんだことはいちどもない。一家のなかでは、仲兄《ちゅうけい》の劉喜《りゅうき》がまじめで、勤勉であった。長兄が亡《な》くなったので、かれが家主《かしゅ》となった。昔、遊び歩いていた劉邦は、

「学問が、なんの役に立つか」

と、仲兄をあざわらったことがある。その考えは、いまも変わらない。劉邦があこがれているのは、

「士」

であり、この世でもっとも尊敬できる人物は、信陵君のように、

「士をよく知る人」

である。士とは、いのちがけで信義を表現する者である。そこには学識の優劣がはいりこむ余地はない。

——富家に生まれたら、劉季は王陵をしのぐ豪族になれたのに……。

と、みているのが周苛である。かれは劉邦に関する小さな奇談を耳にしている。沛県のなかに王媼《おうおう》と武負《ぶふ》という二軒の酒屋がある。そのあるじがいずれも、

「酔って横になった劉季の上に、龍がみえるんだよ」

と、周苛におしえたことがある。

——みまちがえだろう。

周苛はいちどは嗤った。嗤いたくもなるではないか。

かつて龍は水神のひとつで、諸神のなかで最上位というわけではなかった。天子の象徴《しょうちょう》は、古来、

という美麗《びれい》な鳥であった。西方の覇者《はしや》となった周《しゅう》の文《ぶん》王の都に、天命を告げるべく舞いおりたのが鳳凰である。ほどなく文王の子の武《ぶ》王が殷《いん》の紂《ちゅう》王を倒して天下を取ったため、鳳凰は周王朝において至尊《しそん》とされた。しかしながら周王朝の首都が東の洛陽《らくよう》に移ってから、周王の威権が衰えはじめた。そのことに関係があるのか、

「五行《ごぎょう》の思想」

が広がりはじめた。この思想は、戦国時代になると、騶衍《すうえん》という思想家によって体系化され、宇宙論にまで発展した。五行が宇宙の五大元素である、という思想である。この邃密《すいみつ》な思想をきかされた者は、理解不能で気絶したともいわれているが、貴族だけではなく庶民も、五行の思想のもっともわかりやすい部分を摂取《せっしゅ》した。

太古から存在した王朝をも、五行にあてはめた。これには多少のむりがあったが、ならべる順序を変えることで、矛盾《むじゅん》を解消した。

木《もく》・火《か》・土《ど》・金《ごん》・水《すい》（五行相生《そうせい》）

水・火・金・木・土（五行相克《そうこく》）

このように二通りの順序がつくられた。後者の場合は、

「水は火に克《か》ち、火は金に克ち、金は木に克ち、木は土に克ち、土は水に克つ」

と、訓《よ》む。

たとえば秦のまえの王朝は周であり、周は赤を至尊の色としていたので、火徳《かとく》の王朝、と呼ぶ。その王朝を倒した秦は、火に克ったのであるから、当然、水徳の王朝でなければならない。ゆえに水神《し》である龍は、諸神のなかで最上位となり、皇帝（天子）の象徴となった。秦の始皇帝が、中国史上最初の皇帝であるがゆえに、

「祖龍《そりゆう》」

と、呼ばれる。なお水徳の王朝は、黒を至尊の色とした。

祖龍ということばを周苛は知らなかったが、龍が皇帝のしるしであることは知っている。ついでながら、昨年の秋に、

「今年、祖龍は死ぬであろう」

という予言が、始皇帝のもとにとどけられた。その予言を恐れた始皇帝は、新年（十月）になると、厄災《やくさい》をはらうために遊幸《ゆうこう》にでたのである。むろん周苛が始皇帝の出遊《しゆつゆう》の理由を知るはずもない。

とにかく、酔臥《すいが》した劉邦の上に龍がみえたというのは、

「幻影をみたのだろう」

と、一笑《いっしょう》に付したいところであったが、二軒の酒屋のあるじが、ふたりともみたといったかぎり、聴きながせなくなった。

「龍の色は、何色であったか」

「驪《くろ》でしたね」

この証言も、一致していた。

——解《げ》せぬ。

周苛は小さな惑乱《わくらん》をおぼえた。黒は秦王朝が尊ぶ色である。それゆえ黒い龍は、始皇帝の後継者のしるしである。もしも劉邦が奇蹟《きせき》的に皇帝となることがあるとすれば、秦王朝を倒してからということになる。すなわち、五行でいえば、

「水に克つのは、土である」

というわけで、土は黄色であるから、龍の色は黄色でなければ、理に適《あ》わない。

そういう不可解さをはぶいて、従弟《じゅうてい》の周昌に酒屋のあるじの目撃談を語《つ》げると、かれは、

「ふたりとも老眼なので、室内の陰翳《いんえい》を、龍とみまちがえたのだろう」

と、笑いとばした。だが、酒屋のあるじはふたりとも矍鑠《かくしゃく》としており、客にむけ

る観察眼は甘くない。それなのにふたりは月末に劉邦の酒代を破棄していたらしい。劉邦がくる日にかぎって、客が多い。満席になることもすくなくない。

——劉季のおかげで儲《もう》けさせてもらった。

多くの年を経てきた者には、人の凡と非凡、あるいは祥《しよう》と不祥《ふしよう》などがわかる。二軒の酒屋にとって、劉邦はつねに福運をもたらす者であった。

——劉季には、なにかがある。

そういう目で周苛は劉邦をみてきたが、ちかごろ、この人は亭長のままで朽《く》ちてしまうのか、と考えるようになった。

「明日、明日——」

と、活気のある声をみなにかけた劉邦は、若い者をひとり哨戒《しようかい》に立たせて、すぐにねむった。

劉邦は夢をみない男であるが、この夜はちがった。えたいのしれない重い気に襲われて、うなされた。

——以前も、こういうことがあった。

それはわかるのだが、からだが動かない。もがきにもがいて、ようやく目をひらいた。視界のすみに下弦《かげん》の月があった。全身汗まみれである。まだ呼吸が荒い。その呼吸がしずまるのを待って、物音をたてずにからだを起こして、忍び足で歩きはじめた。これが軍であれば処罰される。夜間のかってな移動は厳禁である。

小川のほとりまで歩いた劉邦は、布《ぬの》を水にひたしてからしぼり、上半身をふいた。にわかに爽《さわ》やかさをおぼえた。月を仰ぎつつ、

——もしも寧君が張耳であったら、どのように張耳を逃がしたらよいか。

と、考えはじめた。

直後に、月が揺《ゆ》れた。

——月が揺れるはずがない。

静かな夜気を揺らした者がいるのだ。そう感じた劉邦は全身の感覚を研《と》ぎ澄《す》ました。背後の草も揺れた。白刃《はくじん》が夜気を裂《さ》いた。直前に、劉邦はふりかえらず小川へ跳んだ。

——尋常な腕じゃねえ。

襲ってきた者はふたりで、しかも非凡な剣の使い手であることは、ふりかえるまでもなくわかった。水音をたてて川を渡った劉邦は、背で水音をきき、

——追ってきやがる。

と、舌打ちをした。草中に飛び込んで、逃げ切るつもりであったが、身をかくす

ほど高い草がみあたらない。

――まずい。

と、おもった瞬間、草に足をとられて転倒した。またたくまに追ってくる足音が近づいた。

「ええいっ――」

劉邦は剣を抜いて、身構えた。眼前に亡霊のようにふたつの影が出現した。


――こりゃ、斬られる。

自分には壮胆《そうたん》がある、とひそかにうぬぼれてきた劉邦《りゅうほう》であったが、ひたひたと殺気に迫られて、全身が凍りそうになった。

剣術は、昔、張耳《ちょうじ》の食客《しょっかく》のひとりに教えられたが、その後上達したわけではない。度胸《どきょう》ひとつの、やぼな剣術である。が、むかってくる人影は、あきらかに練達《れんたつ》の剣士で、しかもふたりである。

――われを狙ってきたとすれば……。

昼間、張耳の手足にひとしい貫高《かんこう》と趙午《ちょうご》に会ったという事実にかかわりがあるのか。

劉邦は必死に声をしぼりだした。

「あなたがたは、寧《ねい》君、いや張耳どのの食客であろう。われは張耳どのの客になっていた劉季《りゅうき》だ。人ちがいにちがいない。剣を斂《おさ》めてくれ」

直後、無言のふたりは間をつめてきた。

跳びすさろうとしても、劉邦は恐怖で足が動かない。剣の先がふるえた。

「だっ――」

ひとりが踏み込んできた。このすさまじい殺気に、劉邦の剣が飛ばされそうになった。

――もう、だめだ。

さすがの劉邦も、目をつむった。気を失いかけた。くずれるように倒れた。

「ぐわっ」

これは音なのか、声なのか。

草の上に左手をつき、右手にあった剣をはなした劉邦は、血のにおいをかいだ。

――われの血は、こういうにおいがするのか。

おのれの死を、嗅覚《きゅうかく》でとらえることなどあるのか。この奇妙な感覚が、劉邦の片目をひらかせた。まぢかに、顔のつぶれた剣士が横たわっていた。さらに、そのむこうに、背を割られたひとりがうつぶせに倒れていた。

——これは、どういうことか。

劉邦の心裏《しんり》に混乱が生じた。剣をあわせるまでもなく、襲撃者が斃《たお》れたのである。しかも自分には小さな疵《きず》さえなく、生きていることはたしかなようである。

「危なかったな」

頭上から声がふってきた。なんと、まうしろに人が立っていた。

驚愕《きょうがく》した劉邦は、跳《は》ね起きた。

うしろに立っていたのは、ひとりではない。三人いた。右端の者は長柄《ながえ》の戈《か》をもち、左端の者はながい革《かわ》の紐《ひも》のついた鉄球をもっていた。このふたりは頭巾《ずきん》をつけていたが、中央のひとりは頭巾も冠もつけておらず、白髪があきらかであった。

とっさに劉邦は白髪の人物の腰をみた。剣はみあたらなかった。

「あなたさまに助けていただいた、ということに——」

「そのようだな」

白髪の男は幽《ほの》かに笑った。月の光がとぼしいので、面貌《めんぼう》をしっかりとらえることはできないが、

——この人には優雅さがある。

と、劉邦は感じた。

「われは、泗水亭《しすいてい》をあずかっている劉季と申します。あなたさまは——」

「そうだな、東陽《とうよう》、とでも憶《おぼ》えておいてもらおうか」

「東陽さまですか。あなたさまはいのちの恩人です。一生、忘れません。どうか、泗水亭の近くをお通りになったら、お声をおかけください」

劉邦は深々と頭をさげた。この三人が通りかからなければ、骸《むくろ》になっているのは自分である。

「亭長が、このようなところに独《ひと》りでいるのは、奇妙ではないか」

「昼間、寧君という賊を捜索していたのですが、夜間、その賊につけ狙われたようです。あなたがたは夜行《やこう》なさっているが、三十人ほどの武装集団をみかけませんでしたか。うわさでもかまいません」

「寧君ねえ……」

三人は顔を見合わせた。直後に、東陽が、

「むっ」

と、目をあげた。異様さを感じた劉邦はふりかえった。対岸がにわかに明るくなった。炬火《きょか》がつぎつぎにともされているようである。

「賊の襲撃ではないか」

「あるいは——」

と、つぶやいた劉邦は、こうしてはいられないという顔で、再度、東陽にむかって頭をさげると、足もとの剣を拾って、対岸にむかって走りはじめた。

劉邦が走り去るとすぐに、三人の背後に、三十人ほどの武装集団が黒々と出現した。鉄球の男と戈の男は、肩をゆすって笑った。

「寧君を捕らえにきた男が、寧君にいのちを救われるとは——。それにしても、秦《しん》の小吏《しょうり》をお助けになるとは、どういうきまぐれですか」

このふたりの嗤《わら》いをまじえた問いに、白髪の男は、

「ふむ、めずらしいものをみたのでな。もしかすると、いや、やめておこう」

と、いった。東陽と名告《なの》ったこの男こそ、郡県の捕吏《ほり》がちまなこになって捜している寧君である。東陽は出身地の名であり、かれは小国の君主の末裔《まつえい》であり、その地の豪族であったが、秦軍が楚《そ》を滅ぼしたことによって、没落させられた。しかしながら、かれの恩徳《おんとく》は多くの人々に浸潤《しんじゅん》して、いまだに裏街道では隠然たる勢力をもっている。かれの目には、始《し》皇帝の政治は、

「悪政だ」

と、映っている。その悪政ぶりは、夏の桀王、殷の紂王よりひどい。人民を法でしばりあげ、わずかな瑕疵《かし》もみのがさない。人民がのびやかさを失うことは、国力が衰退してゆくことになる。人々は心の豊かさも見失っている。

――それがわからない凶悪な皇帝は、人民の敵であり、消えてもらうしかない。

おなじような考えをもっている有力者はほかにもいた。

秦嘉《しんか》(陵《りょう》の人)

董緤《とうせつ》(銍《ちっ》の人)

朱雞石《しゅけいせき》(符離《ふり》の人)

鄭布《ていふ》(取慮《しゅりょ》の人)

丁疾《ていしつ》(徐《じょ》の人)

などが同志で、寧君はかれらとともに反政府の地下組織をつくりあげた。

今年、始皇帝は江水《こうすい》をくだって、南方をめぐった。その遊覧には船をつかっているが、船をおりて、陸地をすこしでもめぐることになれば、

「襲撃する機会が生ずる」

と、かれらは色めきたち、寧君が旧《もと》の趙《ちょう》国へ往って武器を作らせ、それをここま

で搬送《はんそう》してきたのである。が、多少てまどったという悔《く》いがある。

「寧君、そこまでおっしゃって、おやめになるのは、酷《こく》ですよ」

と、鉄球の男が説明をせがんだ。

「ふむ、ふむ、では、いおう。われがみたのは五彩《ごさい》の気《き》だ。なんじらの目にはみえぬ気だ。そこで、問おう。なんじらは、あの亭長を、どうみた」

戈の男はまだ嗤っている。

「まぬけな亭長ですよ。かれを斬ろうとしたふたりの正体はわかりませんが、あるいは皇帝の刺客《しかく》ではありませんか。そうであるとすれば、あんな小吏を斬って、なんの益がありますか」

「いや、益はある。もしかすると、あの亭長が、次代の天子となる」

とたんに、ふたりは噴《ふ》きだした。

「寧君、正気ですか。眼前の人物の正体をみぬけぬ愚かな亭長が、天子になる……。天地がさかさまになっても、それはありません」

「天地がさかさまになるときがくれば、われらの願望も亨《とお》る」

そう苦《にが》くいった寧君は、数人を呼び、屍体《したい》をかたづけさせた。屍体の傷によってどういう武器がつかわれたか、検覆《けんぷく》されるとこまる。

急にあたりが暗くなった。

「おや、雨か……」

驟雨《しゅうう》が通るらしい。寧君を首領《しゅりょう》とするこの集団は雨中《うちゅう》に消えた。

一方、劉邦は小川を渡りながら、川辺を右往左往《うおうさおう》している周苛《しゅうか》をみつけた。

「おい、ここだ、ここだ。何があった」

まさか劉邦が川を渡ってくるとはおもわない周苛は、まなざしがさだまらない。

川からあがってきた劉邦にようやく気づき、

「非常時に、隊長がいないので、大騒ぎですよ。こちらをうかがっていた怪《あや》しげな数人を、哨戒《しょうかい》の者が発見したので、いま周勃《しゅうぼつ》らが追っています。寧君の集団が近くにいるとなれば、応援の人数が要《い》ります。わたしが県丞《けんじょう》のもとへ走りましょうか」

と、早口でいった。かれがいった隊長とは、むろん劉邦を指している。

「ちょっと、待て」

劉邦は、せわしい周苛の腕をつかんだ。かれは唇を周苛の耳に近づけて、あとで話がある、県丞に報告へ往くのは、それからにしてくれ、と低い声で強くいった。

ふたりは走りはじめた。

ほどなく月が消え、雨になった。

この雨が熄《や》むと、夜明けであった。

劉邦とすべての配下は、明るくなった地表に、ふたつの屍体をみつめた。

「ひとり、とりにがした」

と、いまいましげにいったのは、周勃である。かれは沛《はい》県の、

「材官《ざいかん》」

である。材官は射手《しやしゆ》といいかえてもよい。強い弓を引く者には、

「材官引彊《いんきよう》」

と、

「材官蹶張《けつちよう》」

とがいる。手で弦を引く者が、引彊、足で弦を引く者が、蹶張、である。弓のなかでも弩《ど》とよばれるものは、弦の張りが勁《つよ》くて、足をつかわなくては引けないものもある。

周勃は、材官引彊のひとりである。

県の下級武官ではあるが、近くに軍が常駐していないいま、それが定職というわけではなく、薄曲《はくきよく》を織ってなりわいとしている。

古代、絹織物は済水《せいすい》のほとりから盛んになったといわれる。済水は三川《さんせん》郡の東部

で河水《かすい》から岐《わか》れて東行する川で、碭《とう》郡の北部をかすめたあと、徐々に東北にむかってゆくので、沛県からは遠い川である。それでも沛県のあたりは養蚕《ようさん》業が盛んで、薄曲とは、蚕《かいこ》のための牀具《しょうぐ》で、いわばすのこである。

周勃のおもしろさは、葬式があればでかけていって、簫《しょう》を吹くことである。それは、おもしろさ、というより、哀《かな》しさ、であろうか。独特の哀しさが、簫の音にあらわれている。

劉邦は周勃にとくに親しいわけではないが、遠くからかれをみていて、

「質実で、しかも情に敦《あつ》い」

と、感じていた。

「周勃は、学問ぎらいですよ」

と、周苛におしえられて、ますます気にいった。それゆえ、昨日、配下を選抜せよ、と県丞にいわれたとき、まっさきに周勃を選んだ。

しゃがんで屍体をしらべていた周苛は、

「このふたりは、賊の手先ではありませんよ。どうみても、庶人《しょじん》です。ひとりは官人かもしれません」

と、眉《まゆ》をひそめた。

「いや、ちがう」

慍然《うんぜん》と声を張りあげたのは、哨戒をおこなっていた若者である。誤《あやま》って庶人を殺したとなれば、罪に問われるので、ここは必死である。

「三人が、われらをうかがっていたことは、まちがいない。庶人になりすました賊の手先だ」

だいいち、かれらは追われて、逃げたてではないか。庶人がたまたま近くで野宿《のじゆく》をしていたのであれば、逃げる必要はなかったはずではないか。

——それにも一理《いちり》ある。

そう感じながら、劉邦は屍体を凝視《ぎようし》した。

殺された年配の男は短剣をもち、若い男は剣をもっていた。ただしかれらはその剣をぬかなかった。闇のなか、雨のなかで、逃げまどっているうちに、いきなり斬られたのであろう。また、たれがかれらを斬ったのかも、よくわかっていない。

「とにかく、死人がでたのだ。県丞に報《しら》せねばならない。また、戚《せき》県から食料が運ばれてくるので、もとの場所にもどれ」

と、いった劉邦は、屍体の近くにふたりの見張りを残して、みなを引き揚《あ》げさせた。

周苛が目くばせをしている。

目でうなずいた劉邦は、歩調をゆるめ、みなを先にゆかせて、周苛とふたりだけになった。あたりに人がいないことをたしかめた周苛は、袖《そで》をまさぐって、

「これは、あの年配の男が所持していたものです」

と、竹片《ちくへん》をみせた。竹片にはみえなかった。黒漆《くろうるし》がほどこされ、その上に、龍という文字の左半分が銀色に書かれていた。

「なんだ、これは――」

「どうみても、伝《でん》です」

伝は、関塞《かんさい》を通過するときに用いる割《わ》り符《ふ》をいう。

「こんな伝など、みたことがない」

劉邦は官吏《かんり》のはしくれなので、いちおう通行証についての知識はもっている。

「おそらく、ただの伝ではありません。皇室が特別に発行したものです。そうであれば、あの者は、皇帝の隠密《いんみつ》の使者です」

と、周苛は推量した。

「皇帝の密使を殺したのか……」

まずいことになった、と劉邦がおもうまもなく、別の袖をまさぐった周苛は、

「こんな物も、持っていました」

と、白布をとりだした。

「地図だよな」

「まさしく地図です。おもに碭郡と泗水郡の地名が記《しる》されています。右はしに、薛《せつ》郡の地名も小さく書き込まれているので、薛郡も歩いたのでしょう」

「すると、あれは、皇帝の密命を承《う》けた巡察《じゅんさつ》官か」

劉邦は舌打ちをした。

「そう想《おも》いたいところですが、どうも、巡察官というにおいがしません」

「おい、おい、なんじは屍体のにおいをかいでいたのか。うすきみ悪いことをするな」

「ふっ」

と、鼻で哂《わら》った周苛は、

「これらは、検死官にみつかると、めんどうの種《たね》になりますので、もらっておきました」

と、軽い口調でいった。

わずかに黙考《もっこう》していた劉邦は、

「昨夜、われはふたりの剣士に斬られそうになった。内密の話とは、それだ」

と、うちあけた。こういう話は、うちあける相手をまちがうと、舌禍《ぜっか》となって返ってくる。周苛はものごとの虚実《きょじつ》と軽重《けいちょう》をみぬく目をもっていると同時に、事後の処置も適切にできる心のゆとりをもっている。

——周苛にだけは、話しておく必要がある。

劉邦はそれほど周苛を信用していた。

「えっ——」

周苛は瞠目《どうもく》した。

「こういうことだ」

劉邦は詳細を語《つ》げた。驚嘆をかくさない周苛は、

「その二剣士は、人ちがいを認めなかったのですか」

と、念をおすように問うた。

「そうよ。ふたりはこのわれを狙って襲ってきた。東陽という旅人が通りかからなかったら、われはまちがいなく骸となって、朝露《あさつゆ》にうたれていたさ」

「へえ……」

深刻さをみせて考えはじめた周苛は、急に劉邦を直視して、その二剣士の屍体を

みにゆきましょう、といった。

ふたりは周勃らに気づかれぬように小川を渡り、草地を歩いた。

小さな窪地《くぼち》をみつけた周苛は、黒漆塗りの竹片を白布でつつみ、窪地の底に置き、土をかぶせた。

「草がここまではびこってくれば、このふたつは、永遠に消えます」

と、周苛は低い声でいい、あたりに目をくばった。人影どころか、鳥獣《ちょうじゅう》の影さえない。雲が割れて、日光がふってきた。とたんに草が、雨滴を残しているせいか、燦然《さんぜん》と輝いた。ふたりが歩くと、小さな輝きが飛び跳ねた。

「このあたりだ」

劉邦は足をとめた。

「屍体どころか、血痕《けっこん》さえありませんね」

周苛は歩きまわった。佇《たたず》んだまま呆然《ぼうぜん》としていた劉邦は、やがて手招きをして、

「われが妄《うそ》をいったとおもうか」

と、周苛に問うた。

「いえ……」

周苛は首を横にふった。

「信じてくれるのか」

「これ——」

劉邦のうしろにまわった周苛は、袖を指でつまんだ。

「血の染《し》みですよ」

「知らなかった。目だつとまずい」

「たぶん、たれも気づかないでしょう。ところで、亭長のいのちを救った東陽という人物ですが……」

劉邦は周苛の肩をつかんで坐らせた。

「寧君かもしれぬ」

「わたしもそう意《おも》います。泗水亭の長だとは知らずに助けたのでしょう」

「それが、そうでもない。われが刺客に泗水亭長だと語げたとき、東陽と従者は刺客を殺せるほど近くにきていたのだから、われの声をきかなかったはずはない」

実際のところ、襲ってきたふたりの刺客に、われは亭長である、と劉邦は語げなかったが、そのあたりの記憶は混濁《こんだく》している。

「賊が求盗《きゅうとう》を助けた、まさか、そんな——」

劉邦は苦く笑った。

「さすがに、それは、ありえないか。すると東陽と寧君は別人ということになる。東陽は剣をもっていなかったよ」

「ますますわからなくなった。亭長を殺そうとした剣士は、たれが放った刺客なのか」

首をふりながら腰をあげた周苛は、ふたたび小川を渡りつつ、くりかえしつぶやいた。

劉邦《りゅうほう》と周苛《しゅうか》は、胸に不可解《ふかかい》さをかかえたまま、もとの露宿《ろしゅく》の場所にもどった。

昨日、戚《せき》県にいる県丞《けんじょう》のもとに使いにいった者が、食料をはこんできた。同時に、県丞の命令もはこんできた。

「いそぎ、戚県へ移れ」

というものである。昨夜、戚県の北を、寧《ねい》君と武装集団が通過したらしい。捕吏《ほり》を指麾《しき》している郡監《ぐんかん》は、さすがに戚県でふんぞりかえっているわけにはいかず、今朝、多数を率いて戚県をでた。空《から》同然になった戚県に残されたひとりが、沛《はい》の県丞である、ということであった。

「県丞は無能だと郡監にみなされたからですよ」

と、周苛は嗤《わら》いを哺《ふく》んだ声で、劉邦にいった。

「こちらは満足に眠っていないのだ。腹もへった。とにかく朝食をとろう」

「わたしが先に戚県へゆきましょうか」

周苛が気を利《き》かせた。

「いや、みなといっしょに腹ごしらえをすませてからでよい。この人数が遅刻したところで、寧君の捕斬《ほざん》の成否に、かかわりはあるまいよ」

そういった劉邦は、半時《はんとき》後に朝食をとりつつ、みなをねぎらった。そのさなかに周苛だけが腰をあげ、

「では――」

と、いい、先に出発した。

気温が急に上昇して、蒸《む》し暑《あつ》くなった。天空の雲が急速に南へながれてゆく。

――寧君は雨男《あめおとこ》か。

劉邦は心中で小さく笑った。

全員が起《た》って歩きはじめるとすぐに周勃《しゅうぼつ》が劉邦に近づいてきた。

――きたか。

さきほどから周勃の表情が固いので、なにかある、と劉邦は感じていた。
「亭長《ていちょう》は、肝心《かんじん》なときに、不在でした。説明してもらえますか」
つっかかるような、咎《とが》めるような目つきである。全員の疑念を周勃が帯《たい》している
といってよい。
「周勃よ、なんじは妄《うそ》が好きか」
この劉邦の問いに、周勃は慍《むっ》とした。
「大嫌いですよ」
朴訥《ぼくとつ》な周勃らしい答えである。
大きく笑った劉邦は、
「その大嫌いな妄も、場合によっては、つかねばならない。いまの法は、なさけ容《よう》
赦《しゃ》がない。身内、友人、知人に罪がおよびそうになれば、ことばでかばいもするだ
ろう」
と、いって、周勃の顔を視《み》た。周勃は強く口をむすんだ。
「それは、それとして、われがあの場にいなかったのは、ふたりのすご腕の剣士に
斬られそうになったからだ。われを狙って襲ってきた。だから、逃げたのよ」
周勃は眉《まゆ》を寄せた。ほんとうだろうか、と困惑しはじめた顔である。

「逃げて、逃げて、逃げのびた。だからこうして生きている」

「あの……」

周勃の困惑ははげしくなった。

「――というのは、妄だ」

「えっ」

愚弄《ぐろう》されたのではないか、と気づいた周勃の眉宇《びう》に、怒気《どき》が生じた。

「はは、怒るな。妄のなかにも真実がある。われは、なさけないことに、逃げたさ。とてもかなう相手ではない。だが、追ってきたそのふたりの刺客《しかく》は、急に、あの世へ殂《い》った。だから、われは生きている。われがふたりを斬ったわけではない。剣が血でけがれていないことは、剣をしらべれば、すぐわかる。これが実際に起こったことだが、いかにも作り話のようにきこえるだろう。したがって、われは、みなが信じ、みなに迷惑のかからぬ妄をつかねばならない」

そういった劉邦は、足をはやめた。

おなじようにいそぎ足になった周勃は、

「ふたりの屍体《したい》は、どこにあるのですか」

と、劉邦の背に問うた。

「屍体は、消えた。だから、この話自体も、消す必要がある。たれも、信じやしねえ」

つきはなされたように周勃は足を停《と》めた。仲間に声をかけられた周勃は、ふたたび歩きはじめたが、黙ったままであった。

――亭長と周苛のふたりだけが、小川を渡ってきたらしい。

するとあのふたりは刺客の屍体を、たしかめに行ったのだ。となれば、亭長の話は妄ではない。

周勃は歩きながら黙考《もっこう》しつづけている。

――劉季《りゅうき》は大言《たいげん》多し。

とは、沛県の吏民《りみん》がそろっていっていることである。

「あの亭長は、口先だけだ。亭長になってから、ひとつの功績《こうせき》もあげたことがない。無用の長物よ」

劉邦に好意をいだいていない者は、かならず、そういう。だが、好意をいだいている者は、

「なるほどあの亭長は、ひごろ大きなことをいっていながら、大きなことを為《な》したことはない。とはいえ、狡《ずる》さはなく、人をたばかったこともない。みかけよりは誠

実な男だ」

と、いう。周勃の耳には、どちらの評判もはいっているが、

——あまりかかわりたくない男だ。

と、おもってきたので、気にもとめなかった。だが、今日、はじめて劉邦の心気《しんき》にふれたようなおもいがした。

簫《しょう》を吹く周勃は、呼吸について意識が濃厚であり、呼応と調和にも感覚がはたらくようにできている。今日は、劉邦という人物の音色をきいた、といってよい。その瞬間に、自分が無意識に発した音を、たぶん劉邦もきいたのだ。のちに劉邦は、人を楽器とみなして、大編成の管弦楽団を指揮するようになるが、その端緒《たんしょ》をとらえたのは、周勃であったかもしれない。

——劉季は、世間がみているより、深い男なのではないか。

周勃が劉邦をみてそう感じたということは、劉邦が周勃をみて、世間とはちがう感想をいだいたということでもある。劉邦は周苛とふたりだけで蔵《かく》しておきたい事件を、周勃に話した。

——なんじがどの程度の男か、ためさせてもらうよ。

劉邦にそういわれたような気分である。

すご腕の剣士が、賊魁《ぞくかい》の寧君の手下であれば、捜索の小隊に指図を与えていた亭長を消しにかかる、ということは、ないことではない。それなら、いのちびろいをしたばかりの亭長が、

「賊は、あっちだ」

と、小川のむこうを指したはずであるのに、そうしなかったのは、なぜであろうか。

もっともわかりにくいのは、亭長を襲ったふたりが急にあの世へ殂った、という表現である。いったい何があったのか。

——たぶん、周苛だけが、詳細をきかされている。

周苛ほどには周勃は信用されていない。当然であろう。ちなみにおなじ周という氏をもっていても、周苛と周勃は親戚という関係ではない。だが、泗水《しすい》郡には周という氏をもつ者がすくなくない。

——周苛に委細《いさい》をきくまでは、うかつなことはいえない。

そう自分にいいきかせた周勃は、仲間のひとりに肩をつつかれた。

「おい、亭長は何といっていた。きかせろ」

周勃はその者をひと睨《にら》みした。

「なんじに音楽の話をしても、わかるまい」

「音楽の話……、なんだ、それは」

「亭長には、わかるのさ」

周勃はにわかに足をはやめた。めずらしいことに、心の弾《はず》みをおぼえて、劉邦を追った。

当の劉邦は、

「もしも東陽《とうよう》が寧君であれば、捕斬されないでいてもらいたい」

と、心のなかで念じつづけていた。なにしろ東陽はいのちの恩人である。その後の情報を早く知りたい劉邦の足は、おのずとはやくなった。

戚県の城門から周苛がでてきて、大きく両腕をひろげた。

「なかにははいれない。外で待機せよ、という県丞のご命令です」

不満の色をみせた劉邦は、

「沛県からきたほかの者たちも、外か」

と、問うた。

「いえ、内にいます」

「すると、われらだけを、熱暑《ねっしょ》にさらす気か」

「亭長――」

周苛は目で劉邦をなだめた。しばらくして恚憤《いふん》がおさまった劉邦は、

「寧君がどうなったか、われにおしえてくれ」

と、周苛にたのんだ。それから劉邦らは、城壁のひかげを求めて移動し、日が西にかたむくまで、なにもせずにすごした。ふたたび城門からでてきた周苛は劉邦に告げた。

「亭長の組だけは、先に解散ということです。明日はもう探索《たんさく》はおこなわれないでしょう。賊は消えうせたらしいです」

「ほう……」

と、いいつつ腰をあげた劉邦は、感情の色をみせずに、

「解散ということだ。ここからは、われの指図に従わなくてよい」

と、指麾下にいた者たちに告げるや、さっさと歩きだした。すぐに事態を呑《の》みこめない者たちは目語《もくご》しあっていたが、周勃だけは跳《は》ね起きて、劉邦に追いついた。

「われらだけが解散とは、奇妙ではありませんか」

「なるほど奇妙だ」

そういいながらも劉邦は意《い》に介《かい》さないという表情をしている。

「もっと奇妙なのは、亭長が周苛に、この解散のわけを問わなかったことです」

片耳《かたみみ》で周勃の声をきいていた劉邦は、急に小さく破顔した。

「なんじだけは、血のめぐりがよさそうだ」

「これは――」

周勃はわずかに嬉《うれ》しそうな顔をした。

「気づいただけでも、称《ほ》めてやるよ。なんじは葬式に簫を吹いているだけの男ではなさそうだ。だが、なんじはみかけよりはるかに気が短いな。ものごとに異《い》をみつけたら、すぐに他人に問わず、いちどおのれのなかにいれて理をさぐるくせをつけよ。それだけでも、人は二倍も三倍も大きく、深くなる」

「これは、おどろきました。亭長とは、そういう人でしたか」

そういいつつ、周勃は自分の声がかつてないほど明るいことにおどろいた。

「はは、泗水の亭長は、酒好き、女好きの能なしだとおもっていたか」

「ええ、まあ……」

「いってくれるじゃねえか。なんじはあいかわらず、妄が大嫌いなようだ」

劉邦は親しい者にだけ、ことばを卑《いや》しくくずして語る。無頼《ぶらい》のなごりである。

「この解散は、亭長にとって、異ではなく、理にそったものだ、とわかっただけ、利口《りこう》になりました」

「学者には、こういうことは、わからねえ」

劉邦たちを早く戚県から去らしたのは、夕方に戚県にもどってくる郡監の目のとどかないところに置いておく処置で、県丞と周苛が相談して決定したにちがいない。戚県は沛県のとなりの県であるとはいえ、日が西にかたむいた時点で、戚県をでても、日没までに沛県に着けるほど近くはない。途中、どこかで露宿しなければならないが、劉邦は休まず歩くことにした。ふりかえると、劉邦の指麾下にいた者が残らず蹤《つ》いてきた。

「はは」

と、あえて陽気に笑声を放った劉邦は、

「夜明けに泗水亭に着いたら、みなに朝食をふるまおう。そこで疲れを癒《いや》してから、帰宅すればよい」

と、いった。従う者たちはみな炬火《きよか》を挙《あ》げ、小さな歓声を揚《あ》げた。そういう陽気なふんいきをつくっておきながら、じつは劉邦は、

――よく生きて還《かえ》れたな。

と、戦慄《せんりつ》していた。おのれの死を目前にする、という体験ははじめてであった。

死が近づいてきて、おのれとかさなった、とおもった瞬間があった。が、死をもたらそうとした者が先に死んだ。そういう奇怪さにあったのは、おのれの強運ではない。劉邦はおのれの強運を誇るほど傲慢《ごうまん》ではない。

——神のご加護《かご》があった。

ぞんがい劉邦は信心深い。その神とは、社《しや》すなわち土地の神である。この信心を失えば、神の加護を失い、危地《きち》に立つとかならず死の淵《ふち》に墜《お》ちる。それさえもわかっているのが劉邦であった。

「足、はやいですね」

背後に、周勃の声があった。おそらく周勃はひごろ寡黙《かもく》であるにちがいない。が、今日はよく喋る。

「われは若いころに街道をしきりに往来していた。そのことは知っていよう。生きるために、必死に歩いた。健脚《けんきやく》になっても、ふしぎはあるまい」

「わたしは、はやく歩けません」

「なんじはもともと射手《しやしゆ》だ。はやく歩けなくても恥ではない。馬上で弓矢をつかうのが、本来のなんじの姿だ」

「はあ——」

周勃は嬉しげに大息《たいそく》した。馬上、といわれて、想像がふくらんだようであった。馬には乗ったことがない。

深夜、劉邦はみじかい休息を随従者《ずいじゅう》に与えた。焚《た》き火《び》のまわりにみなを坐らせた劉邦は、ひとり立って、

「今夕《こんせき》、われらだけが先に沛県に帰されたのは、たぶん、あのふたつの屍体にかかわりがある。明日か明後日に、郡の検死官が屍体を覈《しら》べるだろう。その後、どのような報告が郡府にとどけられるか、わからないが、県丞さまはご自身をふくめて、あの不審死にかかわりがないことにしたいのだ。それゆえ、われらを城内にいれず、先に帰した。もしかすると、われらは最初から探索に加わっていないことにさせられるかもしれない。たれも罪に問われないように、という県丞さまのご配慮だとおもって、よけいなことは喋るな」

と、強くいいきかせた。

あの凡庸《ぼんよう》な県丞にそこまでの用心はあるまいから、周苛が智慧《ちえ》をつけたにちがいない。

——なるほど、そういうことか。

みなはようやく納得《なっとく》した顔つきになった。かれらは陰《かげ》での周苛の働きに気づかな

いが、指麾官としての劉邦の器量には気づいた。配下を、まとめる力、動かす的確さ、かばう人格的容量が、予想以上であったことを実感した。

この集団が泗水亭に到着したとき、夜明けまえであった。

「さあ、みなで門をたたいて、なかにいる者を起こそう」

この劉邦の声に応《こた》えて、数人が門をたたき、数人が奇声を放った。やがて、

「やかましい」

と、怒鳴りながら、門扉《もんぴ》をひらいたのは、

「任敖《じんごう》」

であった。かれは沛県の獄吏《ごくり》のひとりであるが、劉邦が不在の泗水亭をあずかっていた。

獄吏といえば、血も涙もない面相《めんそう》をしている者が多いが、任敖だけは情殷《じょういん》を感じさせる人としての豊かさがおもてにでている。

——この男は、好きだ。

と、劉邦は昔からおもい、そういう好意はかならず相手に通じるようで、任敖も劉邦にめだたぬように親交を求めた。

任敖は怒鳴ったものの、本心からではなく、劉邦が意外な時刻に帰ってきたこと

をいぶかり、すぐに怒気を斂《おさ》めて、

「後続は――」

と、問うた。

「いない。これだけだ。わけは、あとで話す。それより朝食だ」

劉邦は下働きの者たちを起こすと、朝食を作らせ、随従してきた者たちに機嫌よくふるまった。食事と歓談が終わると、夜が明けてきた。

「さあ、これで、ほんとうに解散となるが、みなはよくやってくれた。あの件は、気にするな。みなに迷惑がかかるようにはならぬ」

そういった劉邦は、なごりおしげに腰をあげたひとりひとりに声をかけ、全員を送りだしてから、任敖のもとにもどり、ふたりだけで話をした。ただし二剣士の死と東陽らの出現については、伏せた。

「そんなことがあったのか……」

任敖は首をひねった。

「怪《あや》しげな三人がいて、ひとりは逃げた。そのひとりが庶人《しょじん》の旅行者にすぎないのであれば、どこかに訴えるはずだ。すると、めんどうなことになる。われが、郡府へ出頭することになるかもしれぬ」

劉邦は憂鬱《ゆううつ》をかくさずにいった。

「何者だ、その三人は。やはり賊の手先だろう。昨日、沛県に訴えにきた者はいない。事件があった地に近いのは、戚県と沛県であるのに、どちらにも駆け込んでいないとなれば、やましさをかかえていたからだ」

「そうかな……」

劉邦は任敖と語りつづけた。

夕方、多数を率いて帰ってきた県丞が沛県にはいると、任敖は任《にん》を解《と》かれて、沛県にもどることになった。

「案ずるな。何かあったら、報《しら》せる」

そういって任敖は泗水亭をでていった。

翌朝、泗水亭にきたのは、任敖ではなく、

「蕭何《しょうか》」

であった。

――かれが、きたのか。

劉邦の胸が重くなった。蕭何は沛県の令の属吏《ぞくり》ではあるが、

「豪吏《ごうり》」

と、呼ばれるひとりである。県の長官である令は交替するが、地元採用の吏人《りじん》は他県へ移ることはない。行政に関して蕭何ほど熟知している者はおらず、県令は諸事を蕭何にまかせざるをえないので、おのずと蕭何は吏人のなかの有力者となった。怜悧《れいり》な男である。典型的な能吏《のうり》といってよい。

「劉季、いるか」

返答を待たずに奥にあがりこんだ蕭何は、顔をそむけている劉邦のまえに坐り、

「なんじは疾《やまい》だ。療養のために休暇願いをださねばならぬ」

と、いった。

「へえ、われが疾ねえ」

まだ劉邦は蕭何を視ない。

「休暇願いは書いておいた。ここに署名するだけでよい」

と、蕭何はふところから竹簡《ちくかん》をとりだし、文末を指した。筆を執《と》った劉邦は、

「わけを話してもらおう」

とは、いわず、おとなしく署名した。

「よし、これは、われが県令に提出しておく。いまから帰宅せよ。疾なのだから、県内をうろうろするな。酒を呑みにゆくことも禁ずる」

「わかったよ」

ふてくされたようにいって、劉邦は泗水亭をでた。だが、劉邦は蕭何が苦手なだけで、嫌っているわけではない。かつて無為《むい》の徒《と》であった劉邦を、亭長に、と強力に推挙してくれたのが蕭何であることを、ひとづてに聞いている。なにしろ、ふたりは同郷なのである。

劉邦は腕を組み、あれこれ考えながら、沛県の家に帰った。実家は豊邑《ほうゆう》にあるが、妻の呂雉《りょち》と家をもったのは、沛県の内である。家は土塀《どべい》で囲まれている。

「帰ったぞ」

この劉邦の声に応えて顔をみせたのは、呂雉ではなく、審食其《しんいき》であった。かれは沛県の生まれで、劉邦に親しいわけではなかったが、いつのまにか呂雉に気にいられて、いまや家人といってよい。

「これは、ご主人――」

審食其には飄々《ひょうひょう》としたところがある。突然、劉邦の顔をみても、おどろかなかった。

「娥姁《がく》は、どうした」

妻のあざなが娥姁である。

「連日、草とりです」

「わかった」

劉邦はいそぎ足で沛県をでると田圃《でんぽ》へむかった。城に近い田は、王陵《おうりょう》などの豪族の私有地になっている。劉邦が所有している田は遠かった。畦《あぜ》に三つの人影がみえた。劉邦にはふたりの児がいる。長女は十歳をこえたが、長男はまだ十歳にとどかない。

「おおい――」

劉邦は手を高々とあげて叫んだ。が、この声には虚《むな》しさがある。あげた手も、虚《こ》空《くう》をつかむしかない手である。

妻の呂雉はすぐに気づき、急に走りはじめた。尋常な走りかたではないので、

――何か、あったな。

と、感じつつ、劉邦もいそいだ。

呂雉は三十二歳である。結婚したころは痩《や》せていたが、ちかごろずいぶんふくよかになった。汗をふくことを忘れている妻に、

「休暇がとれた」

と、劉邦はあえてにこやかにいった。

「ええ……」

と、小さくうなずいた妻は、なぜかうわの空で、遠くをながめはじめた。呂雉は女ながらも沈毅《ちんき》さがあり、これほどあわてるのはめずらしい。

「何を捜している」

「ご老人をみかけなかったかしら」

「老人……」

あたりをみまわした劉邦の袖《そで》を強く引いた呂雉は、

「つい、さっき、ご老人が通りかかって、こういったのです」

と、早口で話しはじめた。

炎天下《えんてんか》、呂雉が雑草をとっていると、通りかかった老人に、

「飲み物はありませんか」

と、弱々しい声をかけられた。ずいぶんやつれた感じの老人である。

——腹をすかせているにちがいない。

と、意《おも》った呂雉は、飲み物だけではなく食べ物も与えた。老人は無言で飲み食いしたあと、呂雉をしげしげとみて、

「あなたは、天下の貴人《きじん》ですな」

と、いった。飲食物をめぐんでもらった礼のつもりであろう。呂雉は嬉しげに笑い、

「わたしが貴い身分になれるのかしら。では、この子たちは、どうかしら」

と、ふたりの児をみせた。老人は長男の盈《えい》をみるや、

「あなたが貴くなるわけは、この男の児にあるのです」

と、いい、さらに長女をみて、この児も貴くなります、といって去ったという。

「世辞《せじ》にしては、ずいぶん大仰《おおぎょう》だったな」

劉邦はほがらかに哄笑《こうしょう》した。

「でも、あのご老人は、どこか優雅で、このあたりではみかけない人でした。何ももっていなかったので、旅行者でもなさそうです」

「顔を、みたのか」

「腰にとどくほどの長い髪が、ひたいをかくしていたので、よくみえませんでした」

呂雉のするどい観察眼を、その老人はかわした、ともいえる。

「髪が長かったのか……」

劉邦は笑いを消した。

──占い師ではないか。

とくに人相見の髪は長いときいたことがある。すると、その老人は、でまかせをいったわけではない。

──妻とふたりの子が高貴になる。

では、われはどうなのか。俄然《がぜん》、劉邦は走りはじめた。が、どれほど走りまわっても、その老人をみつけることができなかった。

──もしかしたら、その老人は、神か。

ふしぎなことのつづきが、ここにもあった、と想《おも》うことにした。

十数日後に、劉邦は県庁に呼びだされた。なんと県令から褒詞《ほうし》がさずけられた。

「賊の二人を斬った功により、郡から牛酒《ぎゅうしゅ》がさずけられる」

退出するとき、劉邦は蕭何の表情をうかがったが、この能吏はそしらぬ顔をしていた。亭長に復帰した劉邦のもとに、郡から牛肉と酒がとどけられた。はこんできたのは周苛である。

「疾にさせられたり、突然、褒賞《ほうしょう》されたり、めまぐるしいことよ」

劉邦は苦笑せざるをえない。

「戚県の近くを賊が通ったのに、とりにがした郡監さまの失態を、あなたたちがおぎなったことになった」

「そのまえに、われに罪を衣《き》せようとした」

「疾病《しっぺい》ということにして、あなたを匿《かく》したのは、蕭何です。あの人は智慧者です」

「よし、みなを呼ぼう」

劉邦はさきの探索で指麾下にいた者を残らず招き、小さな宴会を催した。

それからおよそ一か月後に、帰途の始《し》皇帝は平原津《へいげんしん》にさしかかって病気となり、西行《せいこう》して沙丘《さきゅう》に到って重態となり、ついにそこで崩《ほう》じた。祖龍《そりゅう》の死である。

時の嵐

歴史は転換しはじめた。

遊幸《ゆうこう》中であった始皇帝の死《し》は、ひたかくしにかくされ、喪《も》が発せられたのは、それからおよそ一か月後である。

二世皇帝の位に即《つ》いたのは、長男の扶蘇《ふそ》ではなく、末子の胡亥《こがい》であった。

かつて、

――秦《しん》を亡《ほろ》ぼす者は胡《こ》なり。

という秦王朝にとって不吉な予言があった。その胡とは、北方の狩猟民族の胡を指している、と始皇帝は解釈したが、じつは末子の胡亥を指していた、とのちにわかったものの、胡亥が即位したこの時点でも、たれもそれに気づかなかった。

「公子扶蘇は、始皇帝の嗣子《しし》であったのに、どうして即位しなかったのか」

沛《はい》県でも、官民のささやきがしげくなった。

泗水亭長《しすいていちょう》にすぎない劉邦《りゅうほう》は、王朝の人事からかけはなれたところにいるとはいえ、

——陰謀《いんぼう》があったのではないか。

と、うすうす感じていた。中央政府にかかわる情報を泗水亭にもたらしてくれるのは、泗水郡の卒史《そつし》である周苛《しゅうか》のほかに、沛県の令史《れいし》（文書係り）の夏侯嬰《かこうえい》がいた。沛県生まれの夏侯嬰は昔なじみである。

かれは遊俠《ゆうきょう》の道に片足を置いたことはあるが、劉邦のように実家を飛びだして無頼《ぶらい》を虚《むな》しく誇ることはしなかった。家族関係にけわしさのなかった夏侯嬰は、実家を捐《す》てきれなかったともいえる。しかし人としての正路《せいろ》をふみはずしていようと、士にあこがれて、義俠《ぎきょう》の道に全身をなげだした劉邦に、ひそかに敬意をはらって兄事《けいじ》したのが夏侯嬰であった。劉邦も、

——こいつには、男としての性根《しょうね》がある。

と、認めた。

この義兄弟的な関係は、劉邦が亭長となり、夏侯嬰が県の廏司御《きゅうしぎょ》（うまや係り）となってからもつづいた。夏侯嬰は馬のあつかいに長じていた。

夏侯嬰がどれほど性根のすわった男であるかがわかる事件があった。

あるとき、劉邦は夏侯嬰と口げんかをした。その口げんかは、反感や憎悪の色は

まったくなく、なかば戯言《ぎげん》の応酬《おうしゅう》であった。が、たまたま劉邦は夏侯嬰をなぐった。それによって夏侯嬰はちょっとしたけがをした。それだけのことであったが、後日、いきなり劉邦は訟庭《しょうてい》によびだされて、

「傷害罪《しょうがい》」

に、問われそうになった。その罪を認めると、亭長を解任され、処罰され、生涯、犯罪者の烙印《らくいん》をおされる。

「ふたりでふざけていただけです」

と、いっても、釈明にならぬのが秦の法である。人を傷つけたか、傷つけなかったか、が問題である。傷つけた、と認めれば、いかなる理由があっても、またあとでいくら釈明しても、無罪になることはない。

奇妙なことに、この件の訴訟人《そしょう》は、夏侯嬰ではない。

人の罪を密告することを奨励《しょうれい》しているのも、秦の法であり、その点でも、この法は陰湿《いんしつ》である。

——たれかが、県の高官に密訴《みっそ》したな。

そのたれかとは、当然、劉邦に反感をいだいている者である。

「傷つけていません。どうか夏侯嬰におたずねになってください」

ここはいい張るしかない。

「よろしい。夏侯嬰に問うであろう」

訟庭はすぐさま夏侯嬰を致《いた》らしめ、劉邦の述叙《じゅつじょ》の真偽《しんぎ》を問うた。

「みたところ、なんじはけがをしているではないか。それは、泗水亭長に殴打《おうだ》されたためにできた傷であろう」

「いえ、ころんだだけです。殴打されて負傷したのであれば、わたしが訴えます」

と、夏侯嬰はしらを切った。ただしかれは内心おどろいていた。泗水亭に出入りする者に、あの小さないさかいが、みられていたのだ。下働きの者が目撃者であったにせよ、劉邦に酷使《こくし》されているわけでもないのに、県の高官に訴えるであろうか。むしろかれらは劉邦になつき、慕《した》っているようにみえる。では、かれらが密告者でないとすれば、たれが訴えたのか。

「さようか」

訟庭は夏侯嬰の説述《せつじゅつ》に妄《うそ》のないことを認めて、劉邦を釈放した。

ぶじに泗水亭に帰ってきた劉邦を、下働きの者たちは、歓声をあげて迎えた。そのひとりひとりの表情を観《み》た劉邦は、

――この者たちがわれを売ったわけではない。

と、直観で諒解《りょうかい》した。うしろめたさのある者を洞察《どうさつ》する眼力を劉邦はもっている。

――すると、どういうことになるのか。

劉邦が考えていると、夕方、夏侯嬰がやってきた。劉邦は、

「よう――」

と、そっけなく声をかけただけであった。その声がきこえなかったかのように、
夏侯嬰はあわただしく奥にあがりこみ、

「事があったのは、いまごろの時刻だ。亭内に客はいなかった。たしかにふたりで
亭外にでたものの、門の内での口論で、門外にはきこえず、のぞきこんだ者はいな
かった。だが、たれかが盗み視《み》たのだ」

と、小声でいった。しきりに目を動かしたのは、

「下働きの者をしらべたか」

と、いいたいらしい。劉邦は目でうなずき、

「しらべるまでもない。密告者は、われの下にはいない」

と、強く断言した。

「ふうん」

気にいらないといわんばかりに夏侯嬰は鼻を鳴らした。

「終わったことだ。忘れよう」

劉邦はそういって夏侯嬰をなだめたが、事は終わったわけではなかった。

「夏侯嬰の説述には、いつわりがある」

再度、密告があった。

訟庭はこれを重視し、夏侯嬰のとりしらべを獄吏《ごくり》に命じた。このとりしらべはなまやさしいものではない。拷問《ごうもん》である。一年あまり、獄中の人となった夏侯嬰は、笞《むち》で打たれ、たびたびかれの皮膚は破れて、血がながれた。

「掠笞《りょうち》」

と、よばれる拷問で、死ぬ者もいる。が、かれは耐えつづけ、ついに偽証《ぎしょう》の罪からのがれた。同時に、劉邦をかばいぬいたのである。

夏侯嬰が釈放されたと知った劉邦は、

——かれこそ士だ。

と、ひそかに称《ほ》めた。いのちがけで信義を守りぬいた者を、はじめてみたおもいの劉邦は、杖《つえ》をつき、足をひきずりながら、泗水亭にやってきた夏侯嬰を抱きかかえてやりたくなった。だが、喜色《きしょく》をおさえて、

「社《しゃ》の神は、われの願いをきいてくれたよ」

とだけいった。それだけで、劉邦がどれほど心配していたかがわかった夏侯嬰は、目をまっ赤にして、

「あなたの寿命を、減らしたかもしれない」

と、いいつつ、杖で地面をたたいた。くやしさもあったのであろう。そのくやしさとは、偽証罪が成立しなかったかぎり、密告者が処罰されなければならないのに、訟庭はその件に関して口を閉ざしたままであるということである。

奥でふたりだけになると、夏侯嬰の肩をたたいた劉邦は、

「われらをおとしいれようとした者が、たれであるのか、しらべなかったと思うか」

と、いった。夏侯嬰は無言で目をあげた。

「むろん密告者は、沛県の者だ。だが、どうしても氏名がわからない。県の法官に指図を与えたのは、二度とも、県令であるらしい」

「県令……」

意外な名をきかされて、夏侯嬰は、ほんとうか、と目で念をおした。

「証拠はない。仄聞《そくぶん》したことを、ならべかえ、つみかさねてゆくと、そうとしか想《おも》われない」

「県令が、季《き》さんを怨《うら》む……。なるほど、呂《りょ》公の一件があったな」

夏侯嬰がいった呂公とは、劉邦の妻になった呂雉《りょち》の父である。

呂公は沛県の人ではない。沛県からまっすぐ西へゆくと、豊邑《ほうゆう》を経由して、郡境に到る。郡境を越えると碭《とう》郡にはいり、さらに西へゆくと単父《ぜんほ》県に到る。呂公はその単父県の人であった。ところが、呂公にはその県にいられない事情が生じた。

「おもてざたにならない殺傷事件があったにちがいない」

と、夏侯嬰は推量したが、たぶんそれが当《あ》たりで、加害者側であった呂公は、復《ふく》讎《しゅう》を恐れて、家族を引きつれて単父をでた。むかった先が、沛県であった。

「沛県の令は、われに親しい。すげない応対はしないであろう」

この呂公のおもわくは、はずれなかった。沛県にはいった呂公は、県令に歓迎された。その年は、劉邦が亭長となって三年目にあたる。

「沛県はよいところだ。安心して住んでくれ」

と、いった県令は、急に声を低くして、

「娥《が》姁《く》どのを、われにくれぬか」

と、いった。県令は独身であった。

娥姁すなわち呂雉は呂公の次女である。長女の長姁《ちょうく》はすでに他家に嫁《か》している。

さらにいえば、この年に呂雉は二十歳であった。

「考えておきましょう」

呂公は県内に家をかまえた。かれにはすくなからぬ財力があった。県令の賓客《ひんかく》が沛県に移り住むことになったと知った官民は、その家にいって賀辞《がじ》を述べ、進物《しんもつ》をさしだすことにした。

その話題を泗水亭にもたらした夏侯嬰は、

「宴会があるらしい。のちのこともある、往ったほうがよい」

と、劉邦に勧《すす》めた。

――県令への媚《こ》びか、阿呆《あほ》らしい。

と、鼻で嗤笑《ししょう》した劉邦だが、いまや吏人《りじん》の身である。泗水亭長だけが顔をみせなかった、とやかましくいわれると、あとでどのようないやがらせがあるかわからない。穏便《おんびん》に、無難《ぶなん》に、というのが生きてゆくための智慧《ちえ》か。劉邦はおのれをあざけりながら、腰をあげた。

――ずいぶん大きな家だな。

門の内外に、人が多い。

「進物の受け付けは、あちらです」

という声が門内からきこえた。劉邦は進物など、もってこなかった。が、ここでたじろがないのが劉邦である。

「ふふ」

と、ふくみ笑いをしたかれは、門内にはいると筆を借りて、謁《えつ》(名刺)に、

「賀銭万《がせんまん》」

と、書いた。賀《いわ》いの銭一万、ということである。

この謁が呂公のもとにとどけられると、大いにおどろいた呂公は、座を起《た》ち、門のほうへ趨《はし》った。

「この謁は、あなたのものか」

劉邦を視た呂公は、一瞬、眉《まゆ》を寄せ、歩をすすめると、驚嘆したように瞠目《どうもく》した。

――高貴な相《そう》だ。いや天子の相ではないか。

呂公は独学ではあるが、人相を研究してきた。自分の研究は天下に誇れるほど淵遠《えんえん》たるところに達したとはおもっていないが、あるところまではきたという自信はあった。その目で、自分の子供を視ると、

――富貴になる。

と、どうしても感じてしまう。男子は三人いる。長子の呂沢《りょたく》と次子の呂釈之《りょせきし》の状《じょう》

貌《ぼう》は、けっして悪いものではない。とくに次女の娥姁に関しては、

「尊貴の相をもっている」

と、おもわれてならなかった。親の目であるから、みかたが甘い、ということはあるかもしれないが、妻には、

「娥姁はかならず尊貴になるだろう。そのためには貴人《きじん》に嫁《とつ》がせたい」

と、いった。この目をもって親しい県令をひさしぶりに視たとき、

——こんなつまらぬ男であったか。

と、失望した。昔は、はつらつとした才人にみえた。むろん娥姁をかれにやるつもりはない。ただし沛県にあっては、県令より上の貴人はいない。

ところが、どうであろう。

いま呂公の眼前に立っている七尺《せき》八寸（百七十五・五センチメートル）の男は、人相学において、最上とみえる相をもっているではないか。

——みまちがいではないか。

全身にひろがったおどろきをおさめつつ、歩をすすめて観察をつづけた呂公は、

「どうか、上にあがってもらいたい」

と、いい、みずから劉邦を堂上にみちびいた。賀銭が千銭に満たない者は堂下に

坐っている。かれらはいっせいに目をあげて、堂上に昇ってゆく劉邦をながめ、

「劉季《りゅうき》が千銭以上だしたのか」

と、怪《あや》しみ、ささやきあった。

堂上にあって顔をゆがめたのは蕭何《しょうか》である。かれは県令にいいつけられて、この日の宴会をとりしきっていた。呂公のあとから劉邦が昇ってきたので、すぐに呂公の軽率《けいそつ》を掣《せい》するように、

「劉季は大言《たいげん》が多いけれど、これといった成功をおさめたことのない者ですぞ」

と、あたりをはばからずにいさめた。むろん、この声は劉邦にもよくきこえた。かれは片目をつむった。

しかしながら、呂公は蕭何の諫止《かんし》をしりぞけて、劉邦を上座に坐らせた。最高の賓客のあつかいである。

劉邦は、といえば、すこしも臆《おく》せず、堂上を睥睨《へいげい》するようにながめていた。

——いい気なものだ。

蕭何はもはや苦笑するしかなかった。まさかこういう光景が、はるかのちに再現されることになろうとは、たれも予想しなかったであろう。いや、呂公だけが、劉邦の未来をみていたのかもしれない。

酒宴がなかばをすぎたころ、呂公は劉邦に目くばせをした。

「途中で立たないでもらいたい」

その目はそういっていた。さりげなくうなずいた劉邦は、酒宴が終わり、すべての客がひきあげても残っていた。堂上でふたりだけになると、呂公は劉邦のまえにおもむろに坐り、

「われは若いころから、人相をみるのが好きであった。いろいろな人物の相をみてきたが、あなたほどの相はいなかった。どうか、自愛してもらいたい。われには息《そく》女《じょ》がいる。どうか、あなたの箕帚《きそう》の妾《しょう》にしてもらいたい」

と、大胆なことをいった。

箕帚の妾とは、掃除婦だと想えばよいが、家のなかを掃除する下女ではない。

「あなたの家の廟《びょう》を掃除する婦にしてもらいたい」

と、謙虚《けんきょ》さに雅味《がみ》をくわえていったのであり、要するに、呂公はわが女《むすめ》をあなたの妻にしてもらいたい、と申し入れたのである。

「結婚ですか……」

むろん劉邦は即答をひかえた。

たしかに表むき、劉邦は既婚者ではなかった。が、妻にひとしい者がいた。ほと

んど実家に帰らなかった二十代のころの劉邦は、沛県の曹《そう》氏という女と同棲をはじめ、

「肥《ひ》」

という男子を産ませた。亭長になってからも、休暇をとって帰る家といえば、曹氏の家であった。

――だが、このままでは、まずい。

と、劉邦が胸に苦痛をかかえて考えるようになったとき、呂公から申し入れがあったのである。

――受け入れようか。

泗水亭にもどってから、悩みぬいたすえに、呂公の女を娶《めと》ることに決めた。この決意が萎《な》えぬうちに、曹氏の家に行った。

このとき劉邦は三十五歳であり、曹氏も三十歳をすぎていた。目のさめるような美女というわけではなかったが、性質の良さが容姿にあらわれていた。話をきりださずに、しばらく劉邦がみつめていると、曹氏は涙をながしはじめた。

――悪い男だよ、われは。

と、小さく首をふった劉邦は、無言のまま、女の背中をなではじめた。女は両手

で顔を掩《おお》った。

この時代、結婚は個人と個人がかってにむすびつけばよいというものではなかった。むしろ家と家とのむすびつきが重視され、その関係が正当であると世間に認めさせるために、かならず両家のあいだに媒人《ばいじん》が立った。曹氏を妻に迎えるには、そういう仲介者も、後ろ楯《うしだて》もなかった。そうなると、たとえ劉邦が家を建てて曹氏を娶っても、世間は、それを正式な娶嫁《しゅか》とはみなさず、妾を家にいれた、とみるのがふつうであった。

ゆえに劉邦は永遠に曹氏を妻にすることができない。曹氏もそれをわきまえていた。

「もうここには、こないかもしれない」

と、劉邦がうなだれていうと、曹氏は両手を顔からはなして、うつろな目容《もくよう》のまま、

「一年に一度でもいいから、きてください。肥の成長をみてください」

と、細い声で訴えるようにいった。

「肥はもう十歳か……」

女の意《おも》いをまともに受けとめるとつらすぎるので、劉邦は話題をそらした。

いつのまにか、肥が母を案ずるように室内にはいってきた。一瞬かれは、母をかばい、父を咎《とが》めるような目つきをした。劉邦はこの長男にむかって、

「母を守りぬけ。母を泣かせる者が、この父であっても、容赦《ようしゃ》は要《い》らぬ」

と、いった。

肥はとまどいをみせた。すかさず劉邦は、

「人は最善の道を択《えら》びたくても、次善《じぜん》の道を選ばざるをえなくなるときがある」

と、いい、そのあと不覚《ふかく》にも涙を落とした。

曹氏の家をあとにした劉邦は、重い胸をかかえたまま、ひさしぶりに実家へ行った。

——いやな家だ。

楽しい記憶がひとつもない家である。とくに長兄の妻の底意地の悪い目は、忘れがたい。俠客《きょうかく》にあこがれて街道を往来していたころ、客をともなって実家に立ち寄った。食事を乞《こ》うたところ、その嫂《あによめ》はあからさまにいやな顔をし、羹《あつもの》がなくなったふりをして、釜《かま》を杓《ひしゃく》でこすって音をたててみせた。その音をきくや、客は立ち去った。

——いやなことをしやがる。

慍《むっ》とした劉邦は、釜のなかをみると、羹はまだ残っていた。

「われの顔をつぶしやがった」

以来、劉邦はその嫂を毛嫌いした。長兄が亡《な》くなって次兄があとつぎになっても、実家は居ごこちのよい家ではなかった。それゆえ亭長という官を得てから、実家には近寄らなかった。しかしながら、正式な娶嫁となれば、父と次兄に話を通しておかねばならない。

「親父、いるか」

家のなかに足を踏みいれた劉邦は、うす暗さにむかって声をかけた。この声に応《こた》えてあらわれたのは、父でも次兄でもなく、おなじ里で生まれた友人であった。

「盧綰《ろわん》、きていたのか」

「やあ、季さん。今日はまた、どうして――」

盧綰は親友である。劉邦と同年、同月、同日に生まれた。このふしぎさを里人たちが祝ってくれたという。盧綰の父と劉邦の父も親友である。

「なんじこそ、なぜここにいる」

「暑気《しょき》あたりで、季さんの親父さんが寝込んでいるときいたので、見舞いにきたのさ」

盧綰は誠実さを絵に描いたような男である。根が親切でもある。

「親父は、寝ているのか」

「いや、もう粥《かゆ》を食べている。二、三日もすれば、起きますよ」

そういわれて、やや安心した劉邦は、盧綰といっしょに奥の部屋にはいった。牀《しょう》の上の父は、劉邦の顔をみると、

「どういう風の吹きまわしだ」

と、鈍《にぶ》い表情でいった。膝《ひざ》をそろえて坐った劉邦は、父にむかって頭をさげた。

「呂公の女を娶ることにしました。兄にいちど呂公の家へ行ってもらわなければならない」

うしろでこの話をきいていた盧綰は奇声を放った。

「呂公って、あの県令の賓客の――。季さん、すごいじゃないか」

首をあげた劉邦は、

――こやつ。

と、盧綰をなぐりたくなった。劉邦が曹氏と棲《す》み、子さえいることを盧綰は知っている。それなのに大喜びするとは、どういうことであろう。ほんとうの親友であれば、

「季さん、ちょっと待った」

と、いい、ひごろなんじは信義をふりかざしているくせに、女には信義をつらぬけないのか、となじってもらいたかった。が、この友は、呂公の家との婚姻《こんいん》ときいただけで、浮かれはじめた。

父は上半身を起こして、

「邦よ、ようやく、まともになったな」

と、めずらしく微笑した。豊邑の劉氏は過去にも名士をだしたことのない貧弱な血胤《けついん》である。親戚はあることはあるが、きわめてすくない。閭巷《りよこう》にうずもれてゆくしかないこの家が、呂公の家とつながることで、はじめて注目されることになる。

――打算的に生きることが、まともなのか。

劉邦は自己嫌悪におちいった。実際、この自己嫌悪は長くつづいた。それに耐えつづけたさきに結婚があった。

劉邦と呂雉との婚約が成ったとき、猛烈に怒ったのは、呂公の妻である。

「あなたは雉をみては、この女はかならず尊貴になる、とおっしゃっていたではありませんか。わたしもそれを信じ、雉は貴人に嫁すものだとおもっていました。きいたところでは、沛県の令が求婚なさったとか。しかるにあんな小吏《しょうり》にすぎない劉季に雉をお与えになる。とても納得《なっとく》できません」

泣きわめくようにいった妻に、けわしい顔をむけた呂公は、

「児女子《じじょし》の知るところにあらず」

と、強くいった。女こどもの知ったことではない、と叱《しか》ったのである。

ついに劉邦は呂雉を娶った。これによって劉邦は有力な姻戚《いんせき》を得た。さらに呂雉のふたりの兄、すなわち呂沢と呂釈之とは兄弟同然になった。

謎の訴訟事件があったのは、それからほどなく、ということであった。


さて、話を始《し》皇帝の死後にもどす。

夏侯嬰《かこうえい》は馬をあつかう廏司御《きゅうしぎょ》から筆を執《と》る令史《れいし》に昇進したため、官衙《かんが》からでる機会がすくなくなり、以前のように泗《し》水亭《すいてい》にいりびたりにはなれない。

が、九月にはいると、すぐに顔をみせた。

「いやな事態になりそうだ」

と、いきなり夏侯嬰は表情を曇《くも》らせていった。だが劉邦《りゅうほう》には夏侯嬰の愁《うれ》いが染《し》みてこない。

「二世皇帝は即位したばかりだ。これから喪《も》に服することになる。政治は、丞相《じょうしょう》がおこなう、というのが昔からのならいだろう」

夏侯嬰はあごをあげた。

「そんなおとなしい皇帝ではない。とんでもない皇帝さ」

だいいち二世皇帝は始皇帝の末子なのに、長子をおしのけて即位したことがいぶかしい、と夏侯嬰はいった。

「始皇帝のあとつぎは公子扶蘇《ふそ》だろう。かれは父が儒者《じゅしゃ》を坑殺《こうさつ》することを諫《いさ》めたため、うとまれて、上郡《じょう》へ遷《うつ》されたときいた。上郡には蒙恬《もうてん》将軍が三十万もの兵を率いて駐屯していたはずだ。いまの皇帝が始皇帝の遺言《ゆいごん》にそむいて、強引に即位したのであれば、公子扶蘇は蒙恬将軍とその大軍をともなって、首都の咸陽《かんよう》を攻めればよかったのではないか」

この知識の大半は周苛《しゅうか》から与えられたものである。

「たぶん、もう公子扶蘇と蒙恬将軍は死んでいる。というより、謀殺《ぼうさつ》されたのだろう。二世皇帝に悪智慧《わるぢえ》をつけた者がいるにきまっている」

「丞相の李斯《りし》か」

李斯は始皇帝の最期《さいご》をみとどけたひとりである。皇位継承権に細工をほどこしやすい立場にあった。

「それはわからない。公子扶蘇が皇帝になると、つごうが悪くなるたれかだ」

と、いってすこし膝《ひざ》をうごかした夏侯嬰は、

「二世皇帝は、喪に服しておとなしくするどころか、始皇帝陵を完成させるために、各州から人夫を集めようとしている。そういううわさが飛び交っている」

と、深刻さをみせていった。

始皇帝陵は驪《り》山ともいう。なおその山は酈《り》山とも書かれるが、ここでは驪の文字を用いておく。

昔から王侯は即位するとおのれの墓地を定め、陵墓《りょうぼ》の建設を開始する。ちなみに盗掘《とうくつ》者はほとんど同時に、その陵墓にむかって穴を掘りはじめる、といわれる。

十三歳で秦《しん》王に即位した始皇帝は、その時点でおのれの葬地《そうち》を驪山と定めたはずであり、三十九歳で始皇帝と称したあとは、驪山の地下におのれの死後の世界を描き、工事を拡大させた。ところがその工事が未完に終わったので、二世皇帝がひきついでそれを完成させるという。

「いまはうわさの段階だが、たぶんそれは実行される。沛《はい》県にも人夫のわりあてがくる。百人は、だすことになろう」

「ああ、昔、人夫を率いて関中《かんちゅう》へ往ったな」

劉邦は憶《おも》いだした。呂雉《りょち》と結婚して二年ほどあとに、劉邦は泗水亭長として人数を率いて西行《せいこう》し、函谷関《かんこくかん》を越え、関中にはいった。始皇帝が、咸陽の南をながれる渭水《いすい》をまたぐかたちで巨大な宮殿を建てることにしたため、それにともなうさまざまな工事に多数の人夫が必要となった。沛県の人夫はその工事にくわわったのである。これは納税の一種で、

「夫役《ふえき》」

と、いう。官の工事のために人夫を強制的にわりあてられることである。

「あれには県令の悪意が感じられた」

と、夏侯嬰も記憶をたどるようにいった。往復にはかならず危険がともなう。また、途中で病人がでても、手のほどこしようがない。とくに往路の場合、到着の期日が定められているので、病人やけが人にかまっていると、遅れてしまい、引率者は処罰される。要するに、ぶじに往復することは至難《しなん》なのである。それがわかっているからこそ、県令は亭長である劉邦に人夫を引率させた、と夏侯嬰はみた。

だが、劉邦はひとりの病人もけが人もださずに、全員を引き連れて沛県に帰ってきた。劉邦にとって最大の功とはそれであり、多くの家族に感謝された。

「そういえば、われは始皇帝をみたよ」

突然、記憶のなかのひとつの光景があざやかになった。

「へえ――」

夏侯嬰はおどろきをかくさず目を瞠《みは》った。庶民が皇帝をみることはぜったいにできない。

人民のことは、

「黔首《けんしゆ》」

ともいわれる。人民は皇帝にむかってけっして頭をあげてはならないので、皇帝の目からは、

「黔《くろ》」

しかみえない。おそろしいほどの侮蔑語《ぶべつご》である。

ところが、劉邦たちが働いていた工事現場に始皇帝がきて、

「仰首《ぎようしゆ》をゆるす」

と、いった。その場にいた人夫たちはいっせいに首をあげた。劉邦の目に映《うつ》った始皇帝は、遠い影にすぎなかった。それでも、

――始皇帝をみた。

という感動が胸裡《きょうり》で鳴りつづけた。

「なれるものなら、ああなりたい」

心はそうつぶやいたかもしれない。ただし始皇帝をうらやんだのは、劉邦ひとりではなかったであろう。その羨望《せんぼう》は強烈なものではなく、歳月のながれにさらされるまでもなく、すぐに消えた。庶民が皇帝になれるはずはないのである。

「季《き》さん、今度も、皇帝をみることになるかもしれない」

夏侯嬰が心配しているのは、それであった。ようやくかれの意中の愁いに気づいた劉邦は、

「人夫の引率は、一度で充分《じゅうぶん》だ」

と、おもしろくなさそうにいった。

「季さんがみごとにやってのけたという、まえのことがある。今度も、という声が、当然揚《あ》がる。しかし今度は、うまくいかないような気がしてならない」

始皇帝が生きていたころとは、世態《せたい》がちがう。ぶっそうなのである。盗賊の跳梁《ちょうりょう》が活発になり、反政府の賊も闇からでる機会をうかがっている。すなわち治安が以前とはくらべられないほど悪い。それほど二世皇帝の即位は不評なのである。

「仮病《けびょう》をつかおうか」

病であるといつわれば、引率者に起用されない。

「それが、いいかもしれない。蕭何《しょうか》が、なにかいってくるだろう」

そういって夏侯嬰が帰ってから、三日も経《た》たぬうちに、劉邦は県庁に呼びだされた。

県令のまえにでるまえに、蕭何をみると、かれが目をあわせないので、いやな予感をおぼえた。はたして、県令から、

「夫役のため、百人を率いて、驪山におもむくべし」

と、命じられた。

——しまった。

仮病をつかうのがおくれた劉邦は、蕭何を睨《にら》んだ。心のどこかで、蕭何からの連絡を待っていたのである。県令が退席したあと、ようやく目をあわせた蕭何は、無表情に、

「これが人夫の名簿だ」

と、竹簡《ちくかん》を劉邦に渡した。おそらくこの任命を蕭何の力でもさまたげることができなかったのであろう。あれこれいいわけをしないのが蕭何である。それはわかっているものの、劉邦は小腹《こばら》を立てた。せっかく夏侯嬰の忠告があったのに、すぐに

対処しなかった自分に腹を立てたといってよい。黙って目を瞋《いか》らせている劉邦に、蕭何は、

「出発は、明後日だ。帰宅がゆるされたので、泗水亭にもどる必要はない。ぶじに往復できることを祈っている」

と、やや冷淡にいった。

劉邦は名簿をなげつけたくなったが、がまんした。蕭何が悪いわけではないことは、充分にわかっている。が、どうにもやりきれなかった。今度の旅は、以前とはちがう。夏侯嬰にいわれたように、うまくいきそうもない。

立ったまま動かない劉邦に背をむけて、二、三歩すすんだ蕭何は、急にふりかえり、

「名簿のなかに、樊噲《はんかい》と周緤《しゅうせつ》の名がある。それだけでも心強いであろう」

と、おしえてから、歩き去った。

――ふたりを名簿に加えたのは、蕭何か。

樊噲と周緤のふたりは、劉邦が無頼《ぶらい》の徒《と》であったときに、やはりあばれ者であったが、王陵《おうりょう》の手下にはならず、一匹狼というべき劉邦に属《つ》いた。劉邦に手下があったとすれば、かれらをふくめて数人であった。だが、劉邦が亭長になってから、樊

噲は狗《いぬ》の肉をあつかうようになった。むろん狗の肉は食用である。

「羊頭狗肉《ようとうくにく》」

ということばがあるように、最下級の狗の肉はまずくても、昔から食べられている。ちなみに狗の肉は唐《とう》の時代まで食用であった。なお犬と狗のちがいは、犬は野生のイヌで、狗は人に飼われているイヌをいう。

樊噲と周緤は、ともに沛県の生まれで、ともに年齢は劉邦よりひとまわり下である。

憮然《ぶぜん》と県庁をでた劉邦は、まっすぐに自宅にむかわず、周緤の家に立ち寄った。

十代後半のころの周緤は、家のあとつぎではなかったので、いわば少年《しようねん》として、県内をうろつき、ときどき県外を歩いた。その鼻つまみ者が、どういうわけか、劉邦に兄事《けいじ》するようになった。

豪族ではない劉邦は、

「われの下にいても、良い目にあわねえぜ」

と、さとしたが、

「みな、きたねえやつらばかりだ。義俠《ぎきよう》という看板をかかげながら、実際は、私腹を肥やしている。羊頭狗肉じゃねえか」

と、答えて、劉邦からはなれなかった。やがてかれは、兄が死んだためか、農家のあととりになって、裏街道を歩かなくなった。

周緤の家は、ぶすいな土塀《どべい》ではなく、手入れのよい籬垣《りえん》で囲まれている。その籬垣にそって歩いてゆくと、家のなかから童子《どうし》がでてきた。童子は劉邦をみつけると、

「あっ、亭長さん」

と、声を揚げた。童子の年齢は十歳といったところである。

「応《おう》か、大きくなったな。親父さんは、いるか」

童子の顔をみて、すこし劉邦の心がほぐれた。この童子は周緤の子で、周応《しゅうおう》という。父につれられて二、三度泗水亭にきたことがある。

「父は田です。弁当をもってゆくところです」

「よし、いっしょにゆこう」

周緤がもっている田は、城外にあるとはいえ、さほど遠くはない。

田で働く三人の影がみえた。周緤のそれはひときわ巨《おお》きい。かれは近づいてくる劉邦と周応に気づいたらしく、農具をふるうのをやめた。

「弁当の到着だ」

この劉邦の声がとどいたようで、周緤は歯をみせた。汗をふきながら畦《あぜ》に腰をお

ろした周緤は、

「今日は、お休みですか」

と、劉邦に問うた。劉邦はそれには答えず、ふたりだけで話がある、と目でいざなった。周緤は腰をあげた。

畦道をすこし歩いて、ふたりは草の上に坐った。

すぐにふところから名簿をとりだした劉邦は、

「夕方までに通知があるとおもうが、なんじはわれとともに、驪山に働きにゆくことになった」

と、いい、名簿をみせた。

周緤はおどろき、くいいるように名簿をみて、自分の氏名をさがした。周緤がおどろいたのも、むりはない。夫役のために労働を強要されるのは、戸主《こしゅ》やあととりではない。就業《しゅうぎょう》していない二男以下の男子が徴用《ちょうよう》される。たしかに周緤は長男ではないが、いま戸主である。農家のあるじを夫役に用いると、田圃《でんぽ》が荒れて、農業の生産力が落ちることくらい、地方の行政府もわかっている。それなのに周緤は家をはなれて驪山へゆくことになった。

自分の氏名をみつけた周緤はため息をついた。

「亭長が引率者ですか」

「そうだ。われが引率者になったので、なんじも選ばれたのだろう。われとなんじの関係を知っている者が気を利《き》かせたともいえるが、なんじにとっては迷惑なことだ」

憂鬱《ゆううつ》であるのは、劉邦もおなじである。

「また関中へゆくのですか……」

周緤はうつむいた。かつてかれも劉邦とともに帝都へ行って働いた。若かったせいでもあるが、その往復はつらくはなかった。しかし妻子をもち、家を保持しているいま、はるばる驪山までゆきたくはない。

「急病になれ」

この劉邦の声に、いぶかるように周緤は目をあげた。

「夫役をまぬかれるためには、病という手がある。われはその手をつかうことをためらったので、手おくれになった。が、なんじはまだまにあう。弁当を食べたあと、食《しょく》あたりになったというかっこうで、家に帰り、近所にいいふらして、寝るとよい」

目で笑った劉邦は起《た》ち、周応に近づくと、

「親父さんの食事をさまたげて、悪かったな。さあ、弁当をみせてやれ」

と、いい、周緤の田をあとにした。樊噲の家には行かなかった。かれは戸主というわけではない。

帰宅した劉邦をみて、妻の呂雉はすぐに、

――ただごとではない。

と、察したようで、

「仮病では、すまないことになりましたか」

と、いった。劉邦も勘《かん》はするどいが、ひけをとらぬほど呂雉も良い勘をしている。

「うむ。もうすこし早く病になっておけば、こんなことにはならなかった」

「と、申されますと――」

「夫役のために、帝都に近い驪山へゆくことになった。出発は明後日だ」

そういいつつ劉邦はけだるげに坐った。

「そうですか」

劉邦のまえに坐った呂雉は表情を変えなかった。

「おどろかないのか」

「あなたは、かつて、沛県の人夫をぶじに往復させました。県はそれを憶《おぼ》えていて、あなたしか引率者はいないと決定したのでしょう。わたしが県令でも、そうします」

呂雉は多少の異変には動揺しない。女にしては肝《きも》が太い。激情家であるのに、理性が勝っており、つねに冷静であるようにみせている。

「だが、昔と今とでは、世相《せそう》がちがう。いつなんどき、地の下から熱いものが噴《ふ》きだしてくるかわからぬ。そういう地の上を歩かなければならぬ不安は、おそらくわれだけのものではあるまい。驪山へゆく者がみなもっている不安だ」

「そうですね……」

ふたりは口数がすくなくなった。しばらく黙っていた劉邦は、妻の肩に手をかけて、

「われは、帰ってくることが、できなくなるかもしれぬ」

と、いい、弱い息を吐いた。

「あなた……」

さすがの呂雉も目容《もくよう》に深い愁いをみせた。その目を視《み》ているうちに、急に劉邦の想念に下弦《かげん》の月が浮かび、驟雨《しゅうう》が通った。

「そうか……、われはいちど死んでいる。そなたには話さなかったが、まえに寧君《ねい》

という賊を探索《たんさく》にいったとき、ふたりの刺客《しかく》に襲われて、死にそうになった」

「まあ――」

めずらしく呂雉はおどろきの声を揚げた。

すこし強い目をした劉邦は、

「いまだに、その刺客をあやつっていた者が、どこのたれであるかは、不明だ。それはそれとして、われを生かしてくれた力がある、と強く感じるようになった。もしかすると、われを驪山へゆかせようとしているのも、その力かもしれぬ。それが神力《しんりょく》であるとすれば、われはためされているのであり、けっして死ぬことはない」

と、いいつつ、心の不安をぬぐった。

大きくうなずいた呂雉は、

「あなたは死にません。以前、父は申しておりました。あなたは六十に満たずに死ぬことはないと」

と、断言した。

劉邦はほっと笑った。

「それをきいて、気が楽になった。四十七歳のわれに、十三年の余命が与えられていたか。おそらくこれからの十三年に、天を震《ふる》わせ、地を駭《おどろ》かすほどのことが、われとそなたの身に生ずる。そんな気がしてきた」

「わたしも、心のふるえがとまらなくなりました。怖いわけでもないのに……」

と、呂雉はいってから、目をそらして、

「あなたのお帰りが遅くなった場合、曹《そう》氏はわたしがみておきます」

と、いった。

「すまない」

劉邦に外婦《がいふ》すなわち外妾《がいしょう》がいることを、呂雉は結婚まえに知っていた。婚約をおこなうまえに、父の呂《りょ》公が劉邦の身辺をしらべたのである。

――妾がいるのか。

この事実は呂公にとっておどろきではなかった。むしろ呂公にとっての懸念《けねん》は、若いころに裏街道を歩いていた劉邦がいまだに悪徒《あくと》とつきあっているのではないか、ということであった。が、それはなく、身辺はきれいであった。外妾の存在については、嫁《とつ》ぐ女《むすめ》にはかくしておくのがふつうであるのに、呂公はあからさまに語《つ》げて、

「男のかいしょうというものだ。そなたは正妻となるのだ。外妾で終わる哀《かな》しさをおもいやってやるのも、正妻のつとめだ」

と、教訓を垂《た》れた。

——男のかってな理屈。

と、呂雉は反発し、嫌悪感さえおぼえたが、けっきょく父にさからえず、劉邦に嫁いだ。

婚儀が終わるとほどなく、

「きいてもらいたいことがある」

と、いった劉邦は、曹氏とその子の肥《ひ》について、呂雉にうちあけた。

「一年に一度、会いにゆく……」

あきれたといわんばかりに夫を睨んだ呂雉は、

「一年に二度以上会いに行ったら、わたしは実家に帰らせてもらいます」

と、いった。そういういいかたをしたということは、夫に外妾があることをゆるしたのである。それから半年後に、呂雉は家に出入りするようになった審食其《しんいき》に、

「曹氏とはどのような女かしら。みてきてください」

と、たのんだ。

「うけたまわった」

審食其は飄々《ひょうひょう》とでかけて、飄々とかえってきた。

「ご心配になるほどの女ではありません。名家の生まれではなく、容姿も十人並み

です。無害な女です。ひっそりと生きて、子の成長をみるのが、唯一の楽しみのようです」

これが審食其の観察結果である。

「どこかで働いているのかしら」

夫の劉邦はその女の生活費をたびたび資給《しきゅう》しているわけではない。

「沛県には、曹という氏をもつ者がすくなくないので、そのどこかの家で、下働きをしているようです」

「わかりました」

以後、呂雉は夫の外妾である曹氏の存在を、懸念からはずした。呂雉が男子を産まない場合、その曹氏の子が劉邦の嗣子《しし》となってしまうが、呂雉が女子のつぎに男子を産んだので、その心配もなくなった。それからずいぶん年月が経ったが、夫が人夫を率いて関中へゆくとわかって、急に曹氏を憶いだしたのである。曹氏のくらしぶりを、呂雉自身がのぞいたことは一度もない。

劉邦は横になって、名簿をみていた。眉宇《びう》にけわしさがあらわれた。

「どうなさったのですか」

「そうとうに質《たち》の悪い若者が多くふくまれている。この名簿には悪意がこめられている。やはり往復は至難だ」

劉邦は慍然《うんぜん》と名簿を放り投げた。


出発の日、早朝に、樊噲《はんかい》が劉邦《りゅうほう》を迎えにきた。

昔、最初に樊噲を視《み》た呂雉《りょち》は、

「やさしい目をしている人ですね」

と、いった。それをきいた劉邦は笑い、

「樊噲を視て、やさしいなどといったのは、そなただけだ。大きくて恐ろしい、とみなおぞけをふるうのがつねだ。そなたは慧眼《けいがん》をもっている。かれは頭も悪くない」

と、うれしげにいった。

樊噲はいちど妻帯し、子を儲《もう》けたが、夫婦仲が良好でなくなったため、離婚した。したがって呂雉がみた樊噲は独身であった。その男に好意の目をむけた呂雉は、

「妹を樊噲に嫁《とつ》がせようかしら」

と、劉邦にいっただけではなく、実家へ往き、父の呂《りょ》公に会って、

「樊噲という者の人相をみてください。いまは狗《いぬ》の肉をあつかっていますが、かならず成功するはずです。しかも愛情は豊かで、誠切《せいせつ》です。きっと妹を幸せにしてくれるでしょう」

と、いった。母は、狗の肉、ときいただけでいやな顔をしたが、呂公は興味をもった。すぐに呂公は樊噲に会いに行った。帰路、劉邦の家に立ち寄った呂公は、

「さすがにそなたはよく観《み》た。樊噲は貴相《きそう》をもっていたよ。須《しゅ》を、あの男にやることにする」

と、機嫌よくいった。

「父上こそ、さすがです」

呂雉は大いに喜んだ。呂雉自身が樊噲を好んでいた。

「沛《はい》県は、ふしぎなところだな。貴相が多い。豪吏《ごうり》といわれている蕭何《しょうか》も、じつは貴相だ。沛県に移ってきたばかりのころ、蕭何が宴席を設けてくれたが、われは一《ひと》目《め》みて、この男が妻帯していなければ、そなたをやりたい、とおもったほどだ。ほかにも、宴会にきた者たちのなかで、四、五人は、われの目を惹《ひ》いた。しかし蕭何をふくめて貴相をもったかれらは、そなたの夫の劉季《りゅうき》どのに、人相においては、およばない」

「まあ、嬉《うれ》しいこと」

呂雉は父のみたてを疑っていない。

その後、呂雉の妹の呂須《りょしゅ》は、樊噲の妻となって、伉《こう》という男子を産んだ。もともと樊噲は劉邦を兄のように慕《した》っていたので、この婚姻《こんいん》によって、まぎれもなく義弟《ぎてい》となった。

夫役《ふえき》のために驪《り》山へむかうこの日が、劉邦と樊噲だけではなく、沛県に住む人々にとっても、歴史の激動へむかう初日になったといってよい。

迎えにきた樊噲をすばやく家のなかにいれたのは呂雉で、夫の劉邦にはきかれたくないという表情と声で、

「人夫のなかには、性悪《しょうわる》な者がすくなくないらしいので、あなたも気をつけなさい」

と、ささやいた。

樊噲は首をかしげた。

「王陵《おうりょう》がずいぶん人数をだしたときいています。たしかに王陵の手下には、まともな者はすくないが、王陵が亭長《ていちょう》に怨《うら》みをもっているとはおもわれない。まあ、わたしが目を光らせてゆきます」

そういって樊噲は自分の胸をたたいてみせた。

「たのみましたよ」

呂雉にとってこれほどたよりになる義弟はいない。安心を得た呂雉は劉邦のもとへゆき、

「あなた、樊噲がきました」

と、語《つ》げた。すでにふたりの児とともに食事を終えて、旅装《りょそう》に着替えていた劉邦は、

「おう、きたか」

と、いい、樊噲を室内にいれた。

「沛《はい》が七十、豊《ほう》が三十だ」

と、劉邦はいった。引率《いんそつ》してゆく百人の人夫のうち、沛県がだしたのは七十人で、豊邑《ほうゆう》は三十人である。

——性悪なのは、豊邑で合流する人夫どもか。

と、樊噲は察した。

「さあ、ゆくぞ」

この劉邦の声にうながされるように、樊噲につづいて、呂雉とふたりの児も家を

で、県庁まえの広場にむかった。おなじように広場へむかう二、三の組があり、そのなかで年長の者が劉邦をみつけると、趨《はし》り寄って、

「亭長さん、どうかよろしくおねがいします」

と、自分の子の安全を劉邦に倚託《いたく》した。

おなじような声をかけられるたびに、

「安心して待っていてください。無難《ぶなん》に往復してみせます」

と、劉邦はかれらを不安がらせないように、あえて自信をみせた。

朝日が昇った。

広場にはすでに四、五十人が集合していた。かれらの父兄や妻子が遠まきに立っている。広場のふちに、王陵がいつものように多くの配下を従えて立っていたが、劉邦に気づくと、

「よう、亭長、うちの者たちを、よろしくたのむぜ」

と、声をかけた。

「こころえた」

と、劉邦が大きな声で答えると、王陵は機嫌よくうなずき、人夫の十数人に、

「亭長のいいつけに、さからっちゃならねえ。いいか」

と、きつくいましめた。

「へえ」

と、頭をさげたその十数人は、そろって劉邦のまえにきて、

「よろしくおねがいします」

と、意外に端《ただ》しい礼容《れいよう》をみせた。かれらはすべて二十代にみえた。さらに劉邦に近づいた王陵は、

「うちの者たちが、亭長に迷惑をかけることはないとおもうが、こころえちがいの者がいたら、忌憚《きたん》なく叱《しか》ってくれ」

と、いった。王陵の好意が染《し》みた劉邦は、

「全員を、ぶじにお返しします」

と、力強くいった。

ほどなく庁舎から二人の吏人《りじん》がでてきて、名簿にある氏名を読みあげて、本人確認をおこないはじめた。すこしおくれて姿をあらわしたのは、蕭何である。かれはまっすぐ劉邦のもとまでくると、

「名簿をもっているか」

と、いって、手をさしだした。

「これです」

劉邦がその手に載《の》せた名簿に、蕭何は刀筆《とうひつ》をむけ、周緤《しゅうせつ》の氏名を削《けず》り、あらたに氏名を書いた。名簿を劉邦に返した蕭何は無表情であった。

——周緤は、うまく仮病《けびょう》をつかったらしい。

劉邦は内心ほくそえんだ。劉邦にとって樊噲が右腕であれば、周緤は左腕である。たしかに周緤がいてくれたほうが心強いが、戸主《こしゅ》であるかれをひっぱりだすのは、気がひける。

半時後《はんとき》、七十人がそろったところで、多数の吏人を従えて県令があらわれ、引率者の任命をおこなったあと、ながながと訓辞を垂《た》れた。

いまの沛県の令は、かつて呂雉を妻にしたいと望んだ人物とおなじではない。すでに交替している。

「優柔不断《ゆうじゅうふだん》の人だ」

と、夏侯嬰《かこうえい》からきかされたことがある。なるほど、話しかたもめりはりがなく、いたずらに長いだけであったので、人夫たちはみなうんざりしたような顔つきになった。ようやくその冗長《じょうちょう》な訓辞が終わると、劉邦は県令に一礼して人夫たちのまえにでた。

「夫役は、一年間も拘束《こうそく》されない。せいぜい半年間だ。いま九月であるから、おそくとも明年の三月には、沛県に帰ってこられる。冬のあいだの労働となる。関中《かんちゅう》は寒いので、気をひきしめ、寒さに負けぬ気構えをつくっておけ」

と、いってから、十人を一組としてその長を決めた。七十人いるので、七組ができた。

いよいよ出発である。ずいぶん日が高くなった。

県庁からでてきた吏人たちは、劉邦に近づいて声をかけ、餞別《せんべつ》の銭を贈った。そのなかのひとりが夏侯嬰であり、

「季さんがぶじに還《かえ》れるように、社《しゃ》の神に祈ってきたよ」

と、いった。微笑した劉邦は、

「この往還《おうかん》は、獄中で拷問《ごうもん》をうけるよりは、ましだろう」

と、答えた。

吏人から贈られた銭は、そろって三百銭であったが、蕭何からのそれだけが、五百銭であった。劉邦は黙って蕭何をみつめた。蕭何も口はひらかなかったが、目でうなずいた。

――われに謝《あやま》ったつもりだろう。

劉邦はそう解した。

七十人が動きはじめると、人夫の家族も動き、城外までついてきた。もともと見送るとは、となりとの境まで同行して見送ることで、たとえば隣国の君主が来訪した場合、君主がみずから国境までともに行って、帰国をみとどけるのが礼であった。この場合、家族は十里ほどついてきた。劉邦はそれら家族にむかって、

「では、このあたりで――」

と、いい、別れを告げた。呂雉はふたりの児の手を引き、劉邦に寄《よ》り添《そ》って、

「にぎってやってください」

と、せつなげにいった。

しゃがんで、ふたりの児の手をにぎった劉邦は、

「よいか、自分が願ったことを、信じるのだ。その願いが強ければ、かえって苦しむことになるが、苦しまなければ、願いはかなわないともいえる。だから強く願うことも、苦しむことも、畏《おそ》れてはならない。半年後に帰ってきたときに、心の成長もみたい」

と、かれにしてはむずかしいことをいった。姉はうなずいたが、弟はおびえたように横をむき、さらに母である呂雉に救いを求めるように目をあげた。

——盈《えい》は、母の勁《つよ》さに、たよりすぎている。

劉邦は軽い失望をおぼえた。

いうまでもないが盈は劉邦の嫡子である。しかし長男ではない。曹《そう》氏という外婦《がいふ》が産んだ肥《ひ》が長男である。

——肥はとうに二十歳をすぎた。

成長後のふたりの器量を想《おも》えば、肥のほうが盈にまさるであろう。劉邦は去年まで、一年に一回、曹氏の家へゆき、肥の成長をみてきたが、じつは今年は一回も往かなかった。その母子の近くに、

「駟鈞《しきん》」

の名が浮上したからである。

子を育て、生活してゆかなければならない曹氏が、曹無傷《そうぶしよう》という者の家で働いていることは、知っている。それゆえ、曹無傷をみかけると、劉邦は、

「あれが、いつも、よくしてもらっている」

と、頭をさげた。劉邦より、二、三歳上の曹無傷は、

「よく働いているから、よくしている。当然のことです」

と、いい、恩きせがましい顔をしなかった。

――この人物なら、曹氏をまかせておいても心配ない。

と、劉邦はみた。しかし騶鈎がその母子に昵狎《じっこう》しはじめたとなると、話はべつである。騶鈎は王陵の傘下にはいらず、独力で威を張ろうとしている少壮の敏腕家で、

――裏ではそうとうにあくどいことをしている。

といううわさが劉邦の耳にはいっている。騶鈎が肥を手なずけているとすれば、かならずよからぬ目的があるはずで、それが泗水亭長《しすいていちょう》である劉邦に陰《かげ》で恩を売っておくことであれば、用心しなければならない。

むろん曹氏と肥、それに騶鈎も、見送りにはこなかった。

――縁を切るには、良い機会かもしれない。

そうは意《おも》ったが、胸のなかをさびしさがながれた。

「出発――」

劉邦の号令で、七十人が見送りの人々と別れ、西をむいて歩きはじめた。

むなしいほど碧《あお》い晩秋の天である。

人々にはそれぞれの別れがあり、その感傷が消えるまで、無言であった。天空をふりあおいだのは、劉邦だけであったかもしれない。

この集団が豊邑に到着したのは、夕《よる》であった。邑《まち》の門は閉じられていた。もとも

となかにはいる気のない劉邦は、

「ここで一泊だ」

と、いい、全員を城壁に寄せて、露宿《ろしゅく》を指示した。夜間は、そうとうに冷えた。

夜が明けると、邑の門が開かれ、吏人に率いられた三十人がけだるげにでてきた。みな若い。豊邑に生まれたとはいえ、居《きよ》を沛県に移してしまった劉邦は、いまの豊邑の若者たちをほとんど知らない。かれらは整列もせず、下をむき、横をむいて、まともに劉邦をみない。

それでも劉邦は名簿をみながら、ひとりひとりを確認した。それから十人を一組として、面構《つらがま》えをよくみて各組の長を定めた。

「おう、盧綰《ろわん》――」

友人の盧綰が餞別をもってきた。かれはけわしげに眉《まゆ》を寄せて、

「雍歯《ようし》の息のかかっている者が多い。ならず者もすくなくない。かれらから目を離さないほうがよい」

と、忠告した。

「わかっているよ」

劉邦はうなずいた。態度の悪い者が十数人いる。

「季さま――」

この低い声を発した者をみた劉邦は、口もとをゆるめ、

「彭祖《ほうそ》か、よくきてくれたな。親父をたのむ」

と、いった。彭祖は実家の家人で、劉邦の父にもっとも信頼されている下僕《げぼく》である。劉邦の兄の劉喜《りゆうき》や弟の劉交《りゆうこう》の顔はみえない。彭祖を見送りによこしてくれた父の情だけが、劉邦に染みた。

――雍歯も、きていないか……。

劉邦はさびしさをおぼえた。若いころに、かれと意気投合し、ともに旅をしたこともある。度胸《どきよう》もあり、血のめぐりも悪くなかった。が、歳月は人を変える。沛県の王陵は、昔、劉邦が感じた器量をそのまま保っているが、雍歯は人としての奥ゆきがなくなった。おもうように家業が発展しなかったという苛立《いらだ》ちがそうさせたのかもしれない。

――若いころの雍歯にもどると、いい男なのに……。

心のなかで舌打ちをした劉邦は、全員に出発を告げた。豊邑の人々の見送りは、わびしかった。

「最後尾にまわります」

樊噲は気をきかせて、自分の組の出発をおくらせた。豊邑から合流した人を、うしろから見張るつもりであろう。

盧綰と彭祖はどこまでもついてきた。

「関中までついてくるつもりか」

十里歩いたところで、劉邦はふたりをかえした。しかし、人の運命とは、つくづくわからないものである。劉邦の親友である盧綰はもとより、劉邦の父の従僕《じゅうぼく》にすぎない彭祖までも、劉邦という驥《き》尾《び》に附《ふ》したがゆえに、十四年後に、戴《たい》侯に封《ほう》ぜられて千二百戸《こ》の食邑《しょくゆう》をもつ身分になるのである。が、そういう耀々《ようよう》とした未来は、濛々《もうもう》たる時の嵐のむこうにあることを、この時点ではたれも知らない。

夕方、沢のほとりに到って、劉邦は全員に停止を命じた。

「今夜は、ここで露宿する。明日は、碭《とう》郡にはいる」

と、大声で告げた劉邦は、樊噲の顔をみると、

「どうだ、豊邑の連中は」

と、問うた。

「いやいや歩いていましたが、今日は、おとなしかったです」

「明日は、もうすこし速く歩かせよう」

劉邦は夕食をすますと、しばらく星空をながめていたが、いつのまにかねむってしまった。

「亭長……」

低いが強い声で、劉邦は起こされた。近くに人がいるのだが、暗いので、よくわからない。

「たれか――」

「わたしは豊邑の王吸《おうきゅう》といいます。ここにいるふたりはおなじ豊邑の陳遬《ちんそく》と陳倉《ちんそう》です」

劉邦は上体を起こした。

「よくみえないが、三人もいるのか。それで――」

「われらだけを残して、豊邑の者は、みな消えました」

「なんだと」

劉邦は跳《は》ね起きた。

「炬火《きょか》をともせ。樊噲をまず起こせ」

「あの……、樊噲さんを知りませんが……」

「近くで、いびきをかいている大男がいたら、それが樊噲だ」

この劉邦のするどい声に異状を感じた二、三人が起きた。劉邦はその二、三人にも、

「炬火をもって、みなを起こしてまわれ。だが、けっしておどろかしてはならぬ。ここに集合させよ」

と、いいつけた。

すぐに炬火をもった樊噲が趨ってきた。

「やつら、逃げた――」

怒気《どき》でからだをふくらませた樊噲は、よけいに大きくみえた。

「最初から、たくらんでいたのさ。いまさら追いかけても、もどってきやしねえ」

劉邦はなげやりな口調で、小さな嗤《わら》いを哺《ふく》んだ。

「雍歯のいやがらせです」

「さあ、それは、どうかな」

劉邦はその旧友に憎悪《ぞうお》をむけることをひかえた。

やがて、残った全員が集合した。人数をかぞえてみると、七十未満であった。沛県の人夫も、数人が逃げたことになる。王陵の配下はひとりも欠けていなかった。

――さすがだな。

内心、劉邦は王陵を称《ほ》めた。

「坐ってくれ」

と、いった劉邦は、簡潔《かんけつ》に説《と》いた。

「何が起こったか、いわなくてもわかるだろう。夜陰《やいん》にまぎれて逃走した者が、三十人以上いる。この人数で驪山に到着しても、皇帝の命令に従わなかったことになり、みな黥《いれずみ》をされ、生涯、故郷に帰れない官奴《かんど》にされてしまう」

劉邦の眼下にため息と嘆声《たんせい》がひろがった。

「そこでだ、ここで、解散しよう」

劉邦がそうい放つと、おどろきの声が揚《あ》がった。ひとりの男がおずおずと起《た》った。

「亭長は、驪山へ行っても処罰されるとおっしゃったが、沛県にもどっても、処罰されてしまいます」

全員がおなじ意いであろう。進退に窮《きゅう》したとは、このことである。

が、劉邦は平然と、

「いや、処罰されない。たとえば、虎がでた、とひとりがいっても、信じてもらえないが、ふたり、三人とおなじことをいえば、信じてもらえるだろう。豊邑の西にある沢にさしかかったとき、泗水亭長は驪山へゆく道をそれたので、亭長には驪山へゆく気がなく、逃亡するにちがいないとみたので、みなで逃げかえってきた、と口をそろえて県の吏人に訴えれば、たれが疑おうか」

と、説いた。

「亭長……」

ひとり立っていた男は、劉邦が罪を背負う気であることを察し、胸を打たれたように坐った。

「しかし――」

ほかのところから、声が揚がった。

「しかし、なんだ」

「県令は人夫を驪山へ送らなければ罰せられるでしょう。亭長が罪をかぶってくれても、われわれはまた集められて、関中へゆかされます」

劉邦は笑った。

「なんじらが沛県に帰るのは、明後日だ。そこで事件があきらかになり、県令は周章狼狽《しゅうしょうろうばい》しよう。佐吏《さり》を集めて、対策を講《こう》じようとする。それによって、一、二日が経《た》つ。ふたたび名簿作りがおこなわれ、本人に通達されるまでに、また一、二日を要する。すぐに出発というわけにはいかないので、さらに二日を要する。つまり、つぎの出発は、どれほど早くても、六日後だ。驪山到着の期日にまにあうとおもうか。ぜったいにまにあわない。だから県令は、人夫をあらたに送りだすことをせず、罪をまぬかれることを考える」

「わかりました。亭長ひとりに罪をなすりつけ、悪人にするでしょう」

「はは、秦《しん》の法は、こうして犯罪者と悪人をつくりつづけている」

劉邦は王吸と陳遬を呼び、ここに酒を運んでくるようにいいつけた。

「そういうわけで、みな安心して、家族のもとへ帰るとよい。ここで解散するつもりだが、餞別にもらった酒があることを憶《おも》いだした。酒盛りをして別れよう」

そういった劉邦は、運ばれてきた酒をみなにふるまった。

——亭長は、われらのために、犠牲《ぎせい》になる。

涙ぐみながら、酒を呑《の》む者がすくなくなかった。のちのことを想えば、ここでの劉邦のふるまいが、かれの像を巨《おお》きく立たせたといってもよいであろう。

みずからもしたたか酔った劉邦は、

「では、これで別れだ」

と、いい、ゆらりと起った。

「亭長は、どこへゆかれるのですか」

「わからねえ。つかまらないように、逃げるだけよ」

劉邦が蹌踉《そうろう》と歩きはじめると、すばやく樊噲が起って、あとにつづいた。すると、ひとり、ふたりと起ち、樊噲のあとを歩きはじめた。このように、劉邦に従った者が、十余人いた。

ふりかえって、その顔ぶれを酔眼《すいがん》でみた劉邦は、

「王吸と陳遬、それに陳倉もいるじゃねえか。帰れ、帰れ、帰らないと、賊にされて、つかまると首を斬られるぞ」

と、軽く叱った。

しかし王吸は、かえって劉邦に近寄り、

「三人が、口をそろえて、逃げた亭長を追いかけつづけたといえば、どうでしょうか」

と、いった。劉邦は肩で笑った。

「三人とは、つごうのよい人数よ、なんとでもなる。それほど家に帰りたくないのであれば、ついてこい」

「へい、どこまでも――」

そう答えたのは、この三人だけではない。官職から離脱した劉邦に最初に従った十余人こそ、のちの劉邦軍の初志《しょし》の表現であったともいえる。

ついでにのちのことをいえば、王吸は将軍となり、さらに清陽《せいよう》侯に封ぜられて、二千四百戸の食邑の主となる。陳遬も、都尉《とい》となり、猗氏《いし》侯に封ぜられて、二千四百戸を与えられる。陳倉も将軍となり、紀信《きしん》侯に封ぜられて、七百戸をさずけられる。

時の魔術というほかない。

南方の声

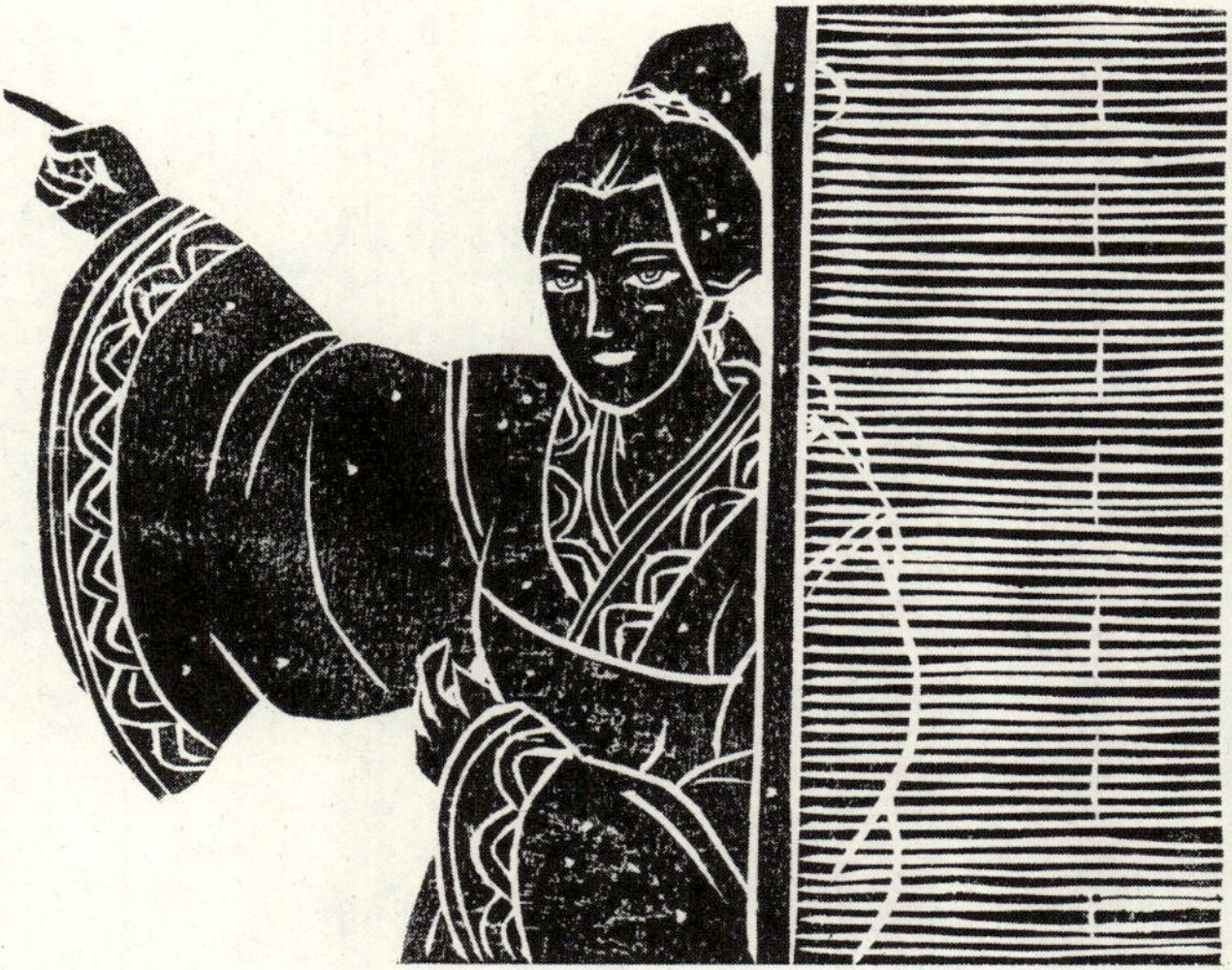

闇のなかを、劉邦《りゅうほう》はゆらゆらと歩いている。

かつてかれはこれほど悲しげな顔をしたことはない。が、この表情をうかがい知る者はいない。

「われは、どこへゆくのか」

この問いも、暗い虚空《こくう》に消えた。

沢から風が吹きつづけている。強い風ではないのに、この風に憑《の》せられそうな自分を感じた。

——いまのわれは、木の葉より軽い。

と、劉邦はおのれを嗤笑《ししょう》した。賊となって、生涯逃げまわり、九野《きゅうや》の果てで、のたれ死にするのか。

前方に、炬火《きょか》がみえた。先行させたひとりがひきかえしてきたのである。

「亭長《ていちょう》、この径《みち》は、ゆけません。大蛇がいます。ひきかえしたほうがよいです」

劉邦は酔っている。

「ついてこい。壮士《そうし》がゆくのだ。大蛇ごときを畏《おそ》れようか」

劉邦は剣をぬいた。実際、かれの感覚は正常ではないので、さほど恐怖をおぼえなかった。

劉邦の目の位置とかわらぬ高さに、光る目があった。とぐろを巻いて、径をふさいでいた蛇は、なるほど巨大で、劉邦が近づいてくると、首をもたげ、口から火を吐かんばかりに威嚇《いかく》した。劉邦のうしろにいて、炬火をもっている従者は、恐ろしさのあまり居《い》すくんだ。

が、劉邦はたじろがず、

「どけ、壮士のお通りだ」

と、いい放ち、大蛇の矢のように速い攻撃をかわすや、とても酔人《すいじん》とはおもわれぬすばやさで大蛇に近づき、剣をふるった。

従者は炬火を放りだして、両耳を掩《おお》った。すさまじい雷鳴のような音をきいたからである。

――蛇が鳴くはずはないが……。

炬火を拾っておそるおそる起《た》つと、大蛇は両断され、そのむこうに劉邦の背があった。

壮士がふたたび木の葉にもどった、といってよいかもしれない。

微風に動かされるように、劉邦は歩いてゆく。

その姿が闇に融《と》けそうになったので、あわてて従者は趨《はし》りはじめた。大木の根のような大蛇の死骸をまたいで、劉邦を追った従者は、その後ろ姿をみつけると、賛《さん》嘆《たん》の声を揚《あ》げた。

劉邦が斂《おさ》めようとしている剣刃《けんじん》をみて、従者は奇異《きい》の感《かん》に打たれた。血がしたたっていない。きれいなものである。

——それほどはやく大蛇を斬ったのか。

従者はまた驚嘆《きょうたん》した。

しばらく歩くと、後方から声がきこえた。

「どうした」

劉邦は足を停《と》めた。

「後続の者たちが、亭長を捜しています。しばらく、ここで待ちましょう」

「そうか……」

劉邦の頭は揺《ゆ》れている。

やがて、四、五人が追いついた。

「ここだ、ここだ」

劉邦とともにかれらを待っていた従者は、さっそく、

「大蛇の死骸があっただろう。あれは、亭長が両断したのさ。その早技《はやわざ》を、みなにもみせたかったな」

と、自慢げにいった。当の劉邦は立ったままねむっている。

だが、到着した者たちは、首を横にふり、

「そんなものは、なかったよ」

と、口をそろえていった。

「おい、おい、両断された大蛇が生き返って逃げるはずはない。みなは、ちがう径をきたのか」

その従者は不満顔になった。

「大蛇の死骸はなかったが、路傍《ろぼう》に、老婆がいた。しゃがんで哭《な》いていた」

「こんな、夜更《よふ》けにか」

「われらもふしぎにおもったので、訊《き》いてみた。どうして哭いているのか、と」

「それで──」

「老婆はこういった。ある人が、わたしの子を殺したので、こうして哭いているのです、と。そこで、あなたの子は、なぜ殺されたのか、とふたたび訊いてみた」
四、五人がその老婆をみたというのであるから、これは作り話ではない。
「わが子は、白帝《はくてい》の子なのです。蛇に化けて道をふさいでいたのですが、赤帝《せき》の子に斬られてしまいました」

これが老婆の答えであった。

白帝は、秋の神で、西方の神でもある。赤帝は、夏の神で、南方の神でもある。これは南の神が西の神に勝つ、という予兆《よちょう》でもあったろう。

しかし、そこまで想《おも》いをめぐらさず、老婆をながめていたひとりが、

──どうも怪《あや》しい。

と、おもい、もっていた笞《むち》で、いきなり老婆を打とうとした。が、笞は地を打っただけで、老婆の姿は忽然《こつぜん》と消えた。

ちなみにこの逸話は、のちに日本へつたわって、八岐大蛇《やまたのおろち》退治などの話に発展したと想われる。

「亭長、おききになりましたか。亭長は赤帝の子なのです」

と、従者は喜んだが、劉邦はもう地に臥《ふ》してねむりこけていた。従者たちは樊噲《はんかい》の到着を待って、風を避けるように劉邦をはこび、衝立《ついたて》のような岩にもたれかかってねむった。

夜が明けた。風はなかった。

最初に目をさました劉邦は、従者の人数をかぞえて、十に満たないことを知り、樊噲を起こした。

「王吸《おうきゅう》らの顔がみえないが、どうした」

「途中で、ひきかえしましたよ。豊邑《ほうゆう》の三人は、恐ろしくなったので、逃げかえったのでしょう」

と、いった樊噲は憮然《ぶぜん》とした。義俠心《ぎきょうしん》を発揮したといえる劉邦に、属《つ》き従った者がこれほどすくないことも、気にいらないのであろう。

「そうか……」

劉邦はひそかに落胆した。王吸ら三人は、みどころがある、とみただけに、落胆も大きかった。やがてすべての従者が起きた。ここでかれらは深刻な失敗に気づいた。四、五人しか食料をもってこなかったということである。かれらは背負ってきた袋をあけて、

「四、五日分しかない」

と、嘆いた。

衝立岩の上に矮《ひく》い老松が生えている。そこにのぼったひとりが、あたりをながめていたが、人がくるぞ、と叫んだ。

劉邦の近くにいた二、三人が顔色をかえ、衝立岩にすばやくのぼった。そこにだけ朝日があたり、老松がつややかに輝いた。

捕吏《ほり》がこれほど早くやってくることはあるまいが、近づいてくる者の正体を知っておかねばならない。

あたりは沢の水から遠くなく、丈《たけ》の高い草と灌木《かんぼく》が密生《みっせい》している。しかも地形に多少の起伏があるので、さきほどみた人影が消えてしまったという。

「何人いた」

「ふたりか、三人にみえたが……」

多数ではない、ということであれば、ひとまず安心である。岩の上に立っている者たちは目を凝《こ》らしつづけた。草も朝日に光りはじめた。やがて、ふたたび人影が出現した。

「三人が車を引いている。もしや、あれは豊邑の三人ではないか。おや、動かなくなった。そうか、われらがどこにいるのかわからないので、途方にくれているにちがいない」

そう判断した者が、いそいで岩をおりるや、

「豊邑の三人がわれらを捜していますので、迎えに行ってきます」

と、劉邦にむかっていい、指示を待たずに趨りはじめた。この報告は、劉邦の心を明るくした。だが、なぜあの三人は、昨夜、ひきかえしたのであろうか。

「逃げたのではなかったのですな」

樊噲もうれしそうである。

しばらく待つと、かすかではあるが陽気な声がきこえた。

「亭長――」

王吸の声であった。おう、と答えた劉邦は、その遠い声にむかっておのずと歩をすすめた。三人と車を先導してきた者は、はずむように走ってきた。

「あの三人は、食料をとりにもどったということです。車には食料が満載《まんさい》されています」

この報告をきいた者たちは、天にとどくほどの歓声を揚げた。

三人と車が到着した。

劉邦は感動をかくさず、

「王吸、陳遬《ちんそく》、陳倉《ちんそう》、よく食料のことに気づいてくれた」

と、もろ手を挙《あ》げて称《ほ》めた。すすみでた王吸は、意外なことを述べた。

「驪《り》山までの百人分の食料を残してきたと気づいたことはたしかですが、もどってみても、それらがもち去られていてはどうしようもありません。ところが、王陵《おうりょう》の配下だけが残って、食料を守ってくれていたのです。かれらは、夜が明けたら、亭長にとどけるつもりであったということです」

「おう――」

劉邦は胸に熱いものをおぼえた。

――王陵に借りができた。

と、おもった。これから逃亡生活がはじまるが、盗賊にはなるまい、とおもっている。餞別《せんべつ》の銭は、樊噲がひとまとめにしてもってはいるが、それはすぐに尽きる。だが、これほど多い食料があれば、当分、涸渇《こかつ》しないですむ。

朝食をすませたあと、

「みな、われの考えを、きいてくれ」

と、劉邦はこれからのすごしかたを説《と》いた。

「今年の夏に、寧君《ねいくん》という賊を捕らえにでかけたが、その際、ひとつ学んだことがあった。かれは郡界《ぐんかい》をうまく利用して、移動していた。われらもそれにならって、泗水郡《しすいぐん》と碭郡《とうぐん》の境を移動しよう。碭郡にはいれば、泗水郡の捕吏は踏み込んでくることはできまい。また沛県《はいけん》の令は、あらたに人夫を送りだしたくないので、われらが逃亡したことを知らぬ存ぜぬで通し、すでに人夫は送りだしたといい張るであろうから、ほかの県や郡に、われらを捕獲してもらいたいとは頼まぬであろう」

陳遬が手を拍《う》った。

「なるほど、沛県が捕吏をだせば、人夫の逃亡があきらかになってしまう。県令は自分の手で自分の首を締《し》めることになる。亭長のおっしゃる通りです」

陳遬だけでなく、ほかの者も明るい声を放った。おそらく来春までは捜索の対象にならないので、捕吏がいつくるか、とおびえないですむ。

「こういう逃亡は、沛県にかぎったことではあるまい、とわれは想っている。ゆえに逃亡者が赦《ゆる》されるときがくると考えたいが、ただし、人を殺傷したり、人の物を奪ったりすれば、郡県は黙ってみすごしたりはしない。だから盗賊のまねごとはするな」

と、劉邦は厳しくいった。

「わかりました」

この声をきいた劉邦は、全員を起たせた。

活気を失わずにすんだこの小集団は、ひとまず西行《せいこう》して、郡境に到った。それから南下しはじめた。

冬が近いせいで、風がつめたくなった。ただしむかい風ではない。

住民にみつけられにくく、住みやすい地を捜しあてなければならないが、これがたいそうむずかしい。住むことに不可欠なのは、水である。川か沢の近くがよいが、平坦な地では、隠れようがない。草の多い地にとどまっても、鳥獣《ちょうじゅう》がすくなく、狩《しゅ》猟《りょう》で食料をおぎないにくい。そうなると、森か山のなかに住むのがよいが、水との距離が難問になる。

「碭郡にはいってみるか」

劉邦は碭郡のへりを歩くことにした。

日のあるうちに移動すると郡の民に発見されてしまうのではないかと用心して、夕方から動き、夜明けに停止して、休息をつづけ、日がかたむくのを待つ、ということをくりかえした。

夜間にみる月は、満月をすぎて、欠けはじめた。それでも、かなり明るい。じつ

は劉邦の表情も、あの悲しげな顔から一変して、奇妙に明るかった。それに気づいた樊噲は、

「若いころの季《き》さんに、もどったようではないですか」

と、笑いながらいった。

「そうみえるか。はは、自分でもふしぎだが、こうしてあてどなく歩いていると、気分がいい。われには、目的をもつと気が滅入《めい》るという、性癖《せいへき》があるらしい。とにかく、家のなかでくすぶっている自分からのがれたという身軽さを、ひさしぶりにあじわっている」

「昔、季さんは、よく外黄《がいこう》の張耳《ちょうじ》のもとへ往きましたが、張耳はゆくえをくらましたまま、まだつかまっていない。どこにいるのですかね」

と、樊噲は感心したようにいった。

「その首に、千金が懸《か》けられたのに、逃げのびた。たいしたものだ。徳が、かれを助けている。われにも徳があれば、逮捕されることはあるまい」

劉邦はすこし目をあげた。かれは張耳のように食客《しょっかく》を養って恩をほどこしたことはない。恤民《じゅつみん》を実践するほど高い位にいたわけでもない。が、徳がまったくないわけではない、とおもいたい。

樊噲は劉邦の本質にある義俠と清潔さを感じてきた男である。

「白帝と赤帝の話をききました。季さんは、赤帝の子であるらしい。となれば、北へ往かぬほうがいい。南の神は、季さんを護《まも》ってくれますよ」

と、樊噲は気の利《き》いたことをいった。

「では、もう少し、南へさがるか」

劉邦は下邑《かゆう》に近づくと、用心深く遠ざかり、さらに南下した。

「まもなく碭県です」

と、王吸が不安げにいった。碭県は碭郡の東南部にある県で、この県より南にあるのは芒《ぼう》県だけである。芒県をすぎて南下すると、ふたたび泗水郡にはいってしまう。

「どうだ、われらのための天府《てんぷ》は、みつからぬか」

天府とは、自然の宝庫のような地をいうが、この場合、理想郷のつもりで劉邦はいったのであろう。芒県をすぎてもその天府を発見できぬ場合は、すすむ方向を変える必要がある。しかし泗水郡からあまり離れたくはない。

——むずかしいところだ。

と、考えながら歩く劉邦は、碭県の東をすぎた。

ゆくてに山をみた。

巍々《ぎぎ》たる山容《さんよう》と形容するほどの山ではないが、近づいてみると、巖石《がんせき》が多かった。風雪をしのぐにつごうのよい岩かどが多く、よくしらべてみると十数人がひそむことのできる巖穴《がんけつ》さえあった。しかも麓《ふもと》に近いところまで、沢の水が達している。

「咸陽《かんよう》ではないですか」

と、王吸がほがらかにいった。

くりかえすことになるが、秦《しん》の首都を咸陽という。咸とは、みな、という意味で、咸陽は、陽がみなそろっていることをいう。地形にも陰陽《いんよう》があり、山の南を陽、北を陰という。たとえば華《か》山の南を華陽、北を華陰とよぶ。また、水（川）の北を陽、南を陰という。潁水《えいすい》の北岸にあれば潁陽、南岸にあれば潁陰となる。

劉邦の配下が発見した地も、山の南、水の北にあるので、咸陽、とよんでさしつかえないであろう。

「亭長、この地に住みましょう」

全員の声であった。

——なるほど、ここは天が与えてくれた住処《じゅうしょ》か。

と、感じた劉邦は、配下の声に従って、碭県の南、芒県の北に位置する山沢《さんたく》の地に本拠をすえた。

――まもなく一年が終わる。

十月から、が新年である。晩秋の風に身をさらした劉邦は、自身が感傷的にならないように、気持ちを強くもった。

「季さん、ちょっと買い物をしてきます」

と、いった樊噲は数人とともに山をおりて芒県へ行った。その市場で食器と炊事用具のほかに大きな瓻《かめ》をいくつか買って、山中に運んだ。瓻は、水と食料の貯蔵に用いる。

配下の者たちは、むしろを編み、木の枝を組み合わせて、巖穴をふさぐための戸を造った。さらに弓矢と弋《か》を作った。大きな物といえば、見張り小屋まで造る者がいた。それらのことに全員が没頭しているあいだに、十月となり、またたくまに十一月となった。

十一月が終わろうとするころ、見張り小屋から木を打ち鳴らす音がきこえた。警報である。

「人が登ってきます。わたしがゆきましょうか」

と、樊噲が趨りだそうとした。それを掣《せい》した劉邦は、

「いや、われがゆこう」

と、剣をつかんで起った。

まぶしいほどよく晴れている天空に白い雲が、ひとつ、浮かんでいた。それをながめながら劉邦はすこし山をおりた。手でふれた岩があたたかかったので、その上に登って腰をおろし、下を瞰《み》た。人影はひとつである。庶人《しょじん》であるらしく幘《さく》をかぶっているが、剣をもっている。ほどなくその男は、劉邦に気づいたようで、立ち止まった。劉邦は歯をみせて、手招きをした。眼下の男は、すこしためらったが、劉邦の手招きに応じて、また石径《せっけい》を登りはじめた。

――度胸《どきょう》のある男だな。

劉邦はひと目でそう判断した。男が近くまできても、劉邦は腰をあげず、足をぶらぶらさせている。岩の下から劉邦をみあげたその男は、

「あなたは山沢を見廻るお役人ですか」

と、問うた。男は壮年で、精悍《せいかん》な顔つきをしていた。

「あっ、これか」

劉邦は笑いながら自分の冠をゆびさした。

「たしかに、役人ではあった。が、いまは役人ではない」

「退官した人が、ここで何をなさっているのか」

男の眼光はするどい。

「それより、なんじは何のために山を登ってきたのか。芒県へ往くのに山を越えるはずはない」

問いの応酬《おうしゅう》である。

これでは埒《らち》があかぬとおもったのか、男は、

「この上に、巨《おお》きな岩穴《いわあな》があります。それがいまどうなっているのか、たしかめにきたのです」

「ああ、あれか――」

劉邦は岩肌を平手でたたいた。

「あれは、わがすみかとなっている。山賊の巣にはなっておらぬので、安心せよ」

「なんですと――」

男は嚇《かっ》と劉邦を睨《にら》み、

「あの岩穴は、わたしが最初に発見したのです。とっとでていってもらいましょう」

と、強くいい放った。

「おい、おい、それはないだろう。もともと山は、王朝の支配からまぬかれた地だ。だから周《しゅう》の支配を嫌った伯夷《はくい》と叔斉《しゅくせい》は山へのがれた。ここが、なんじの所有地であるはずがない」

劉邦がそう説いているあいだに、男はふたたび登りはじめた。

「待った。それ以上登ると、なんじの身に矢がふりそそぐ。妄《うそ》だとおもうか」

この劉邦の声に応じて、岩かげから弓矢をもった二、三人があらわれた。

男は剣把《けんぱ》に手をかけたまま停まった。

「われの忠告は、ここまでだ。あとは知らぬ。死にたければ、さっさと死んじまいな」

劉邦は岩からとびおりると、灌木のあいだをすこし登って、岩かげに消えた。

男は仲間をつれてこなかったことを悔《く》やみながら、じりじりとさがり、ついに踵《きびす》をかえした。麓までおりて、いまいましげに山をふりかえったこの男の氏名は、

「陳濞《ちんび》」

と、いう。碭県の住民である。

夕方、山からもどった陳濞をさりげなく迎えたのは数人であり、かれらは暗くなるとひそかに集まった。その顔ぶれは、陳濞のほかには、

「周竃《しゅうそう》」

「陳涓《ちんけん》」

「丁礼《ていれい》」

「魏選《ぎせん》」

「陳賀《ちんが》」

などである。かれらが住む碭県も人夫を送りだすことを強要された。が、驪山へむかった人夫のなかで逃げだした者が斬られたため、ほかの人夫たちが怒り、引率者を殺し、その集団は霧散《むさん》した。

激怒した県令は、引率者を殺害した者を逮捕するために、父兄と妻子を獄《ごく》につなぎ、関係者を連座の罪で捕らえ、拷問《ごうもん》にかけた。

何の罪もない者たちがつぎつぎに捕らえられるのをみた陳濞たちは、

「県の獄を襲って、無辜《むこ》の者たちを救いだそう」

と、かくれて話しあうようになった。

事が成功しても失敗しても、ひとまず逃げこむ場所が要《い》る。それは、どこがよいか。

「山がよい」

みなが考えることは、おなじであった。

そこで陳濞が山中のようすを確かめにゆき、帰ってきたのである。むずかしい顔をしている陳濞に、

「どうであった」

と、周竃が問うた。

「先客がいた」

「先客……。山賊がいたのか」

「山賊ではないな。どこかの吏人《りじん》であった者を首領《しゆりよう》にして、かなりの人数が住んでいる。首領はおもしろみのある男だった」

陳濞は内心で苦笑した。

「へえ、首領に会ったのか」

「年齢は、四十代だな。そういえば、かわった冠をかぶっていた。断定できぬが、竹の皮の冠のようにみえた」

魏選の眉《まゆ》が動いた。

「竹皮冠《ちくひかん》か……。待てよ、そうだ、泗水郡へ行ったときに、沛県の泗水亭の長は、いっぷう変わった男で、竹皮冠をかぶっている、ときいたことがある」

「それだ――」

陳湨は大きくうなずいた。

泗水亭《しすいてい》の長が、なぜ、あの山にいるのか。

この疑問を解《と》くべく、陳湨《ちんび》らは連日情報を蒐《あつ》めた。

十二月の初旬になって、ようやくふたつのことがわかった。ひとつは、沛《はい》県の人夫を泗水亭長が率いて驪《り》山へむかったこと、ほかのひとつは、その亭長の氏名が劉《りゅう》季《き》であること、である。そのふたつをふまえて推量すると、

「沛県も、碭《とう》県と似たようなことが起こったのではないか」

と、なる。すなわち、人夫たちは驪山へゆく途中で逃走した。が、沛県と碭県のちがいは、引率者の在《あ》りかたにある。碭県の引率者は殺されたが、沛県のかれは人夫たちに奉戴《ほうたい》されている。

「それは、わかるが、もう十二月だ。九月に出発した人夫が、驪山に着いていなければ、沛県の令も中央政府から問責《もんせき》されたであろうに、妙に静かだな」

と、陳賀《ちんが》が疑念を口にした。

「それは、なぜであるのか、わからぬ。とにかく、まもなくわが県では、獄につながれている者たちが、郡府（睢陽《すいよう》）へ送られる。県令のいいわけだな」

丁礼《ていれい》には焦《あせ》りがある。

その檻送《かんそう》を襲うかどうかは別にして、周竈《しゅうそう》と魏選《ぎせん》が、

「山へ行って、劉季に会いたい」

と、いいだした。翌日、このふたりは陳濞を先導者として、山を登った。

「あれだ――」

陳濞がゆびさした岩の上で、竹皮冠《ちくひかん》の男が、足をぶらぶらさせている。

「やあ、懲《こ》りずに、また登ってきたな」

この劉邦《りゅうほう》の声に、両手を挙《あ》げて応《こた》えた陳濞は、

「武器はもっていない。この通りだ」

と、うしろのふたりにも両手を挙げさせた。

「あなたが泗水亭長なら、たのみがある。話をきいてもらえまいか」

陳濞がそういうと、劉邦はすばやい身のこなしで岩からおりて、

「登ってこい」

と、いって、姿を消した。三人が巨大な巖角《がんかく》のあいだをぬけて、すこし登ると、

たいらな岩があった。そこに劉邦だけではなく、三人が坐っていた。劉邦の右に坐っている男は巨軀《きょく》で、両眼が大きく、威圧感があった。

陳濞が岩の上に膝《ひざ》をつけると、あたたかかった。このあたたかさが、眼前に坐っている泗水亭長のあたたかさであってもらいたいと陳濞は心中で願った。

「話とは、何だ、陳濞さんよ」

劉邦にそういわれて、あっ、とおどろいた陳濞は、

「蹤《つ》けられていたことに、まったく気づきませんでした」

と、あえて苦笑してみせた。目で笑った劉邦は、

「山にいれば、足腰が強くなる。しかも、鳥や獣に気づかれぬように近づく歩きかたができるようになる」

と、おしえた。

「そうであれば、われわれが何を計画しているのかも、ご存じかもしれませんが、お願いとは、それとは別のことです。それについては、ここにいる周竃と魏選がお話しします」

陳濞の声にうながされて、周竃と魏選がわずかに膝をすすめた。

「碭県も、驪山へ人夫を送りだしました。しかし途中で逃げようとした人夫が斬ら

れ、斬った引率者も人夫に殺されました。この事件によって、多くの人夫が自宅に帰りたくても帰ることができなくなりました。じつはわれらは、そういう者たちを数人かくまっているのですが、われらが立てた計画に参加させるつもりはなく、また、われらが県の外にでて行動を起こすとなると、かれらを保護してくれる者がいなくなります。そこで、あつかましいお願いですが、かれらをあずかってもらえませんでしょうか」

周竈と魏選は岩の上にひたいをつけた。

「そういうことか」

劉邦は自分の膝をたたきながら、

「その人数が、百日生きてゆけるだけの食料をもって登ってくるなら、うけいれよう。また、いうまでもないが、山中に住むにはどうしたらよいか、よく考えて、食料以外の物を調達してくることだな。冬のまっただなかだ。保温に必要な物をもってこないと、一夜で凍死するぞ」

と、強い語気でいった。

「ひきうけていただけるのですね」

周竈と魏選は肩の荷をおろしたように明るい表情をした。

翌日から、周竈らにつきそわれて、二人、三人と山を登ってきた。多数がいちどに動くとめだつので、用心して、碭県をでてきたらしい。三日後には、七人がそろって劉邦のまえに坐り、謝意を述べた。純朴《じゅんぼく》そうな者ばかりであった。かれらをながめていた樊噲《はんかい》は、

「この者たちが、家族のもとへもどるのは、いつになるのか」

と、嘆息した。

日を置かず、陳濞が山を駆け登ってきた。血相《けっそう》を変えている。劉邦のまえで荒い息をくりかえした陳濞は、

「県令にしてやられました」

と、くやしげにいった。獄につながれていた者たちは、夜中に県をだされて、郡府へ檻送されたという。途中で襲撃して囚人《しゅうじん》たちを奪うという計画は、立ち枯れになってしまった。

陳濞の暗い表情をみていた劉邦は、

「計画が漏《も》れたとも考えられる。計画にくわわったひとりでもつかまれば、なんじも逮捕される。そのまえに、ここに逃げてきたらどうだ」

と、いった。陳濞はうつむいたまま、

「父母や妻子がいるのです。たやすく逃げだせません」

と、苦しげに答えた。劉邦は鼻で哂《わら》った。

「囚人を強奪する気であったのだろう。それなら家族をさきに逃がしておくべきだ。順序が逆だ」

「おっしゃる通りです」

義憤《ぎふん》にかられて、配慮が欠けていたことに、陳濞は気づいた。たびたび劉邦に会っているせいで、陳濞には劉邦の性質がわかるようになってきた。もっとも重要なことは、

――この人は信じてよい。

と、確信を得たことである。劉邦からは往時《おうじ》の義俠《ぎきょう》の士のにおいを感じる。ひょっとすると、この人は、亭長になるまえは、俠客《きょうかく》であったか、と推量した。

――死んでも信義を守りぬく。

そういうひとりが眼前の亭長であるとすれば、今後、この人と行動をともにしたい、と陳濞はおもうようになった。

二日後に、陳濞、周竈、魏選、陳涓《ちんけん》という四人が、いそぎぎみに山を登ってきた。山の登りかたをみれば、かれらがかかえてきた情報の吉凶と陰陽《いんよう》がわかる。

「さほど悪くない報《しら》せだろう」

四人を坐らせた劉邦はそう切りだした。

「そうでもないのです」

と、陳濞が答えたので、劉邦はこぶしで自分の頭を軽くたたき、

「やっ、勘《かん》がはずれたか」

と、いい、からりと笑ってみせた。陳濞はつられて笑った。

この劉季という人の本質には、たぶん、どうしようもない陰気さがある。が、おのれの陰気さを憎み嫌って、行動によって陽気さを得ようと生きてきた人だ。だから、この人は動けば動くほど陽気になり、静止すると、陰気にもどる。陳濞は劉邦をそうみた。

「じつは、檻送の集団が襲われたのです」

と、周竈が説明した。

「だが、なんじらは捕吏《ほり》に追われているという顔をしていない。襲ったのは、別の者たちだな」

「そうなのです。われらとは別に襲撃の計画を立てている者たちがいて、その者たちが急襲を敢行したのですが、県令はその急襲さえ知っていて、かれらを逆襲して、

潰《つぶ》しました」

「密謀《みつぼう》が漏れていたのは、そっちか」

劉邦は小さくうなずいた。

「したがいまして、また逮捕された者が多数でました。碭県は、囚人ばかりになってしまいます」

周竈はやるせなげにため息をついた。

「元凶は、二世皇帝です」

陳涓が怒気《どき》をあらわにした。

「その二世皇帝ですが、きいたところでは、宦官《かんがん》の趙高《ちょうこう》という者に政治をまかせて、荒肆《こうし》にあけくれているとのことです。政治はますます悪くなるばかりです」

と、魏選がつけくわえた。

「ふむ、碭県は囚人ばかりになるといったが、おそらく天下が囚人ばかりになる。囚人になりたくない者は、逃げる。すると流人《りゅうじん》がふえる。流人がまとまって大きな集団になれば、官憲《かんけん》も手を焼く。あと一年も経《た》たぬうちに、天地がひっくりかえるほどの叛乱が起こるだろう。これも、われの勘よ」

劉邦は四人に自重《じちょう》をさとしてかえした。直後に、樊噲を呼び、

「沛県のようすをみに行ってくれ」

と、いった。

「では、さっそく――」

樊噲も、碭県の令の苛《か》酷《こく》さをきき、

――沛県はどうなっているのか。

と、気がかりになっていた。それゆえ劉邦にいいつけられるや、すぐに山をおりて、独《ひと》りで東へむかった。碭郡と泗水郡の境は遠くない。郡境を越えてさらに東へすすむと、郡府のある相《しょう》県へ到る。

――ここには、周苛《しゅうか》がいる。

泗水郡の卒史《そつし》である周苛が、劉邦に親しいことを、樊噲は知っている。また、周苛は多弁《たべん》な男ではない。それなら会って、情報を得ておいたほうがよい、と考え、夕方、県庁に近づいて、退出する吏人《りじん》を待った。

冬の落日は早い。

吏人たちの容貌《ようぼう》をたしかめにくい暗さのなかで、

――あれだな。

と、みきわめた樊噲は、さりげなく蹤けた。周苛は従弟《じゅうてい》の周昌《しゅうしょう》とともに帰路につ

いたが、途中で、別れた。里門のまえで、急にふりかえり、

「たれだ、蹤けてきたのは」

と、するどくいった。

それには答えず、樊噲はゆっくりと歩をすすめた。巨《おお》きな影が動いてくる。

――あっ、樊噲か。

おどろいた周苛は、首をのばして、樊噲のうしろを視《み》た。劉邦がいるとおもったからである。が、樊噲のうしろのくらがりは静かであった。

「ひとりか」

「そうだ」

周苛は強く樊噲の袖《そで》を引き、

「ここでは、まずい。家にこい。今夜は、わが家に泊まってゆけ」

と、ささやいた。里門には門番がいるので、立ち話をきかれては、こまる。

周苛はいそぎ足になった。樊噲は遅れなかった。身のこなしは、にぶくない。家のなかに樊噲をいれると、あらわれた童子《どうし》が息を呑《の》んで、おびえた。この童子は周苛の子の周成《しゅうせい》である。かれははじめて樊噲をみて、圧倒された。ちなみに周成は、父の勲功のおかげで、のちに、

「高京侯《こうけい》」

に、封《ほう》ぜられる。

「心配ない、この人は、友人だ」

と、子の頭をなでた周苛は、さぐるような目であらわれた妻に、

「表に人がいないか、たしかめてくるのだ」

と、いった。無言でうなずいた妻は、すっかり暗くなった外をしばらくみてから
もどってきた。家のなかをうかがっている者はいなかった。周苛は妻に、

「そなたは、この人をみなかったことにするのだ、よいな」

と、きつくいいきかせた。

周苛は樊噲とふたりだけで食事をした。膳をかたづけさせた周苛は、ようやく、

「亭長は、ぶじなのであろうな」

と、問うた。ここまで樊噲が何もいわないので、問うことが怖かった。もしも、

「亭長は、死んだ」

と、樊噲がいったら、周苛にとってこの世はなんのおもしろみもなくなる。むろんいまもあじきない世のなかではあるが、もしかすると劉邦がおもしろくしてくれるのではないか、とひそかに期待して生きてきた。郡府の卒史とは上級の吏人であ

るが、周苛は県の亭長にすぎない劉邦に敬意をはらってきた。この敬意は、劉邦によってのみひらけるであろう新生面におのれの将来がかさなるという希望でもあった。

「山沢《さんたく》にいます」

と、樊噲は唇を動かした。ほっとした周苛は、

「どこの山沢だ」

と、樊噲の説明をせかした。

「それは、いえません。住処《じゅうしょ》は娥姁《がく》さまにもいってはならぬ、ということなので――」

「用心深いことだな。おっと、その娥姁どのだが……」

劉邦がゆくえをくらましたあと、捕らえられ、投獄されたようだ、と周苛がいうと、樊噲は慍《むっ》と眉《まゆ》をあげた。

「娥姁さまだけですか、獄にいれられたのは」

「たぶん」

劉邦の子や樊噲の妻子に捕吏の手はのびなかった。それだけでも、沛県の令の処置は碭県の令よりもおだやかである。

「亭長のゆく手をさえぎるものは、大蛇のように、両断されるのです」

「なんのことだ、それは」

周苛はなかば呆《あき》れたように樊噲を視た。

樊噲は饒舌《じょうぜつ》ではないが、話し下手《べた》ではない。よけいなことをいわないだけである。

ここでも、起こったことの要部《ようぶ》だけを語った。それをききおえた周苛は、一考もせずに、

「それは南方が西方に勝つということだ」

と、きめつけた。

「南方の首領《しゅりょう》に、亭長がなるということですか」

「ほかにたれがなりえようか。ところで、いま山に何人いるのか」

と、周苛は訊《き》いた。

「二十人といったところです」

「すくないな。樊噲よ、いまの話を、沛県に広めよ。うわさには翅《はね》が生じ、近隣の県へ飛んでゆく。すると劉季に有利にはたらく」

「わかりました」

あれこれ周苛に智慧《ちえ》をつけられた樊噲は、翌日、独りで周苛家をでて、相県をあ

とにした。

――あの人は、亭長の信者だな。

いつか天下にたいして大事業をやってのけるのは劉邦しかいない、と周苛は信じつづけているらしい。が、そこまで劉邦が昇りつめるということは、

――義兄が、王あるいは帝になる、ということか。

と、あらためて想《おも》い、樊噲は身ぶるいをした。なにが、どうなると、そういう現実が生じるのか、見当もつかない。いまの劉邦は、亭長の官も失った庶民にすぎない。

相県から彭城《ほうじょう》へむかった樊噲は、露宿《ろしゅく》をかさね、留《りゅう》県もすぎて、沛県に近づいた。

――まず泗水亭だ。

さりげなくなかをうかがうと、任敖《じんごう》の声がきこえた。この獄吏《ごくり》は、しばしば亭長代行となる。任敖は劉邦に親しいので、すぐに接してもよいが、ほかの吏人や客がいるとまずいので、日没まで待った。旅行中の官吏《かんり》の休息もないとみきわめた樊噲は、暗くなるとすぐになかにはいった。

「あっ、樊噲さん――」

下働きの者が気づき、大声で任敖を呼んだ。

「うるさいぞ、どうした」

そういいながら奥からあらわれた任敖は、樊噲をみるや、下働きの者に、

「門を閉じよ。たれもいれるな」

と、命じ、樊噲の腕をつかむと、強く引き上げた。

「劉季が、途中で任務を放棄して逃げた、というのは妄《うそ》だろうな」

任敖の気の短さは、口調にあらわれている。

「妄にきまっています。途中で逃げたのは、豊邑《ほうゆう》のやつらですよ。亭長はひとりで罪をかぶったのです」

樊噲は任敖の手をふりほどいて、しゃがみ、履《くつ》をぬいだ。

「やはり、そうか。さすが、劉季だな」

ようやく落ち着きをみせた任敖は、奥の一室に樊噲をみちびきいれると、

「なんじがここに顔をみせたということは、劉季は近くまできているのか」

と、坐りながら問うた。

「いえ、山沢です」

樊噲はおもむろに坐った。

「どこの山沢だ」

「それは、いえませんが。家族にもいうな、ときつくいわれてきましたので」

そういった樊噲をみつめた任敖は、急に目で笑い、

「ふうん、ここから、遠いか、近いか、それくらいは、おしえてくれてもよかろう」

と、口調をやわらげた。任敖は、一言でいえば激情家である。感情の濃度が人より高い。が、それは理知に欠けるということではなく、愛情の豊かさがそうさせるといったほうがよい。

「亭長は、泗水郡内にはいません」

うちあけてもよいぎりぎりのところは、それである。

「ほう……、そうか」

口をすぼめた任敖は、一考したあと、立って室外にでると、下働きの者たちを集めて、口どめをしたあともどってきた。

「娥姁どのは、獄中にいる」

低い声であった。

「知っています」

「ふん、なんじはここにくるまえに沛県にはいった、ということはあるまい、する

と、このことをなんじにおしえたのは、沛県の外の者だ。それがたれか、見当はつく。なるほど、なるほど、なんじはそこを通ってきた」

明るくうなずいた任敖は、樊噲の厚い肩をたたいた。

「心配するな。まもなく娥姁どのは放免《ほうめん》される。娥姁どのが劉季の居どころを知っているはずはないではないか」

沛県には豪吏《ごうり》とよばれる人物がふたりいる。ひとりは、さきに述べた、蕭何《しょうか》である。いまひとりは、

「曹参《そうさん》」

である。かれは沛県の生まれで、官途《かんと》について、獄掾《ごくえん》となった。掾は、属官であると想えばよいが、有力な属官は補佐官になりうるので、陰《かげ》で獄吏たちを総攬《そうらん》しているのが曹参であると断定してもさしつかえないであろう。行政官である蕭何と法官である曹参が、沛県の政府の中枢《ちゅうすう》にいて、県令など最上級の官人たちを支えている。このふたりの豪吏がそろって県令のもとにゆき、

「これ以上、劉季の妻を獄中にとどめておいても、むだですよ」

と、進言した。だいいち、劉邦は人夫を率いて驪山にむかったと主張しつづけてきたのは、県令であり、劉邦の妻を獄にいれては、みずからその主張に詐佯《さよう》がある

ことを公表するようなものである。それに、十二月になって、中央政府からも、郡府からも、問責の使者がこなくなった。沛県の令の主張が認められたというよりは、

「中央政府で、何かがあったにちがいない」

と、蕭何と曹参はひそかに話しあって、県令を説得《せっとく》したのである。

「あなたも、尽力してくれた」

と、樊噲は任敖にむかって目礼《もくれい》した。

「ふふ、まあな」

じつは獄中の呂雉《りょち》をいたわったのは、任敖なのである。あるとき、呂雉を手荒くあつかっている獄吏をみつけると、いきなりなぐって、けがをさせた。かれは無言で獄吏たちを恫喝《どうかつ》したといってよい。以後、呂雉は獄中で拷問《ごうもん》をうけることはなかった。

「曹参を動かしてくれたのも、あなたでしょう」

樊噲がそういっても、任敖は笑っただけであった。かれはおのれの功を誇らない。

――ここが、この人の美質だな。

あらためて樊噲は任敖に好感をいだいた。

泗水亭で一泊した樊噲は、翌朝、下働きの者たちが引く荷車にかくれて、沛県に

はいり、自宅に飛び込んだ。

「まあ、あなた——」

妻の呂須《りょしゅ》は涙をながして喜んだ。

「そなたの姉さんは、まもなく釈放される。そのことを呂公《りょ》に報せてこい」

妻を実家に趨《はし》らせたあと、樊噲はしばらく横になって呆然《ぼうぜん》としていた。

戸が鳴った。

樊噲は跳《は》ね起きた。風の音ではない。たれかが戸をたたいたのだ。板戸のすきまから外をみた。

——周緤《しゅうせつ》か。

旧友である。侠客をめざしていた劉邦の最初の配下は、樊噲と周緤であるといってよい。それにしても、よくわれが帰宅したことを知ったものだ、と樊噲は首をひねりつつ、すばやく戸をあけた。家のなかに樊噲がいることをあらかじめ知っているような身のこなしで、なかにはいった周緤は、

「なんじも、亭長も、ぶじでよかった」

と、いった。周緤は劉邦にいわれた通り、仮病《けびょう》をつかって驪山ゆきをまぬかれたが、どこかうしろめたく、劉邦の無難《ぶなん》を祈りつづけていた。ところが劉邦に引率さ

れていたはずの人夫が多数帰ってきて、

「亭長が途中で逃げた」

と、県庁に訴えたので、沛県のなかは大騒ぎとなった。病人のふりをして家の外にでなかった周緤も、その騒ぎを知り、

「亭長はそんな卑劣《ひれつ》なことをする人ではない」

と、妻子にいいきかせ、正確な事情を知るべく、樊噲の家へ趨った。が、樊噲はもどっておらず、劉邦と行動をともにしたらしいとわかったので、

――この騒ぎには、裏があるらしい。

と、勘づいた。実際、騒ぎは二日ほどで鎮《しず》まり、劉邦は人夫を率いて驪山へむかっていることになったので、いよいよ怪《あや》しんだ。

――人夫どもも、県令も、亭長に罪をなすりつける気だ。

それからの三か月のあいだに、周緤は劉邦のゆくえを知ろうとしたが、まったく手がかりをつかめなかった。が、ついに樊噲が帰ってきたのである。

「われが帰っていることが、よくわかったな」

と、樊噲は微笑しながらいった。

「それは、あれさ」

周緤は東をゆびさした。任敖の下で働いている者のひとりが、周緤に報せたということである。

「なるほど、そういうことか」

樊噲は豊邑の西にある沢のほとりで起こった事件から語りはじめ、夜中、劉邦が大蛇を斬って道を拓《ひら》いたところで、口をつぐんだ。


妻がもどってきたのである。

妻のうしろには、子の伉《こう》と父の呂《りょ》公それに兄である呂沢《りょたく》と呂釈之《りょせきし》がいた。樊噲《はんかい》の子の伉は実家にあずけられていたらしい。

「おっ、これは、おそろいで――」

周緤《しゅうせつ》は気をきかせて、うしろへさがった。

呂公にむかって頭をさげた樊噲は、

「すでに妻からおききになったとおもいますが、娥姁《がく》さまはまもなく獄からでられます。また亭長《ていちょう》は、泗水《しすい》郡の外の山沢《さんたく》で、すこやかにすごしておられます。その山沢がどこにあるのかは、娥姁さまにも話してはならぬ、といいつけられてきましたので、あなたさまにもおつたえすることができません」

と、述べた。呂公はゆとりのある表情で、

「知ってしまったことを、知らぬといい張るのは、苦しいことだ。季《き》はそれを想《おも》って、なんじにいいつけたのであろう」

と、理解を示した。

「おそれいります」

「では、季と人夫に、何が起こったのか、巨細《こさい》もらさず、語るがよい」

呂公は自分の推理と樊噲の話を照らしあわせはじめた。が、大蛇と老婆の話は意外であったらしく、あえてうなり、

「その老婆は、季を赤帝《せきてい》の子、といったのだな」

と、念をおした。

「その場にいた者たちは、みなそうきき、あとでそう申しました」

強く膝《ひざ》をたたいた呂公は、

「やはり、そうか。これで季が南方の霸王《はおう》になることは、まちがいない。それこそ、祥瑞《しょうずい》だ。しかも白帝《はく》の子が斬られたということは、西方の帝王が死ぬことにほかならず、つまり秦《しん》は滅ぶ」

と、喜色《きしょく》をくわえていった。室内にいる者は、小さくおどろきの声と歓声を揚《あ》げた。

「このことを、うわさとしてながせ、とわれに勧《すす》めた者がいます」

「ほう、智慧《ちえ》者がいたか。わかった、それはわれがやる」

と、いった呂公は、話をつづけるようにうながした。すべてをきき終えた呂公は、

「季はずいぶん多くの人を助けたな。これが悪であれば、あるときを境に、いままで善であったものが悪に、悪が善に、急変する」

と、予言めいたことをいい、引き揚げた。

周緤は呂氏の父子が去ってからも、残って、ひとつ重要な情報を樊噲につたえた。

「豊邑《ほうゆう》の西で、脱走した連中のことだが……」

「雍歯《ようし》の配下だろう」

と、樊噲はいまいましげにいった。

「たしかに、雍歯の配下もふくまれてはいたが、かれらに銭をつかませてそそのかしたのは、沛《はい》県の者だといううわさがある」

えっ、とおどろいた樊噲は一考した。

「そういえば、沛県の数人も逃げたな。そのなかのひとりであれば、すぐにわか

る」

周緤は首を横にふった。

「それほど単純ではない。悪賢いとは、このことよ。脱走するようにそそのかした者は、かれらとともに逃げることをせず、けなげに残って、亭長との別れを惜しむふりをした」

樊噲は嚇《かっ》と目を瞠《みは》った。

「許せねえ。それほどこみいった悪計《あっけい》で、亭長をおとしいれたのは、どこの、どいつだ」

だが周緤は冷静である。

「亭長は名簿をもっていただろう。沛県は七十人の人夫をだした。そのなかのひとりかふたりが使嗾《しそう》者だ。ただし、亭長に従って山沢へ逃げた者ははぶいてよいだろう。しかしそのひとりかふたりをあやつっていた者が沛県にいる、とわれは睨《にら》んでいる」

「ますます許せねえ」

めずらしく樊噲はいきりたった。

「すくなからぬ財産をもっている男にちがいないが、それほど悪智慧がはたらくとなると、つきとめるのは至難《しなん》だ。昔、亭長と夏侯嬰《かこうえい》のささいなけんかを密告した者がいただろう。そいつと、こいつは、おなじ者ではあるまいか」

「あれは、亭長が結婚したあとだったな。十年余もまえのことだ。そのころ密告者が二十代であっても、いまは三十代だ。実際は、もっと上だろう」

頭にのぼった血がさがりはじめたのか、樊噲の口ぶりからけわしさが消えた。

「われも、そう意《おも》う。そやつは、亭長と同世代だろう」

「となると、雍歯を指すしかない」

樊噲はにがくいった。昔から虫が好かない。

「たしかに雍歯の実家は沛県にあって、富家《ふか》だったが、王陵《おうりょう》がいては威勢を張れないので、早くに豊邑へ移った。いまも豊邑の住人だ」

雍歯は劉邦《りゅうほう》に罪を衣《き》せて喜ぶほどけちな男ではない。

ここで樊噲の妻の顔をみた周緤は、

「おっと、長居《ながい》をして、すまなかった」

と、いい、腰をあげた。周緤が去ったあとしばらく妻子とすごした樊噲は、

「夏侯嬰に会っておきたいが、官衙《かんが》からもどっていないだろう。そのまえに尹恢《いんかい》さんに会っておくか。呼んできてくれ」

と、妻にいった。

尹恢は、劉邦が亭長になるまえの連《つ》れで、亭長になってからも親交がある。

「口達者《くちだつしゃ》な男だが、多少の信義はもっている」

と、かねがね劉邦はいっていた。

わずかながら日が西にかたむいた。妻はすぐにかえってきた。

「尹恢さんはいませんでしたが、ことづてをたのんでおきました」

「そうか」

尹恢の家はさほど遠くない。が、里《り》がちがう。夕《よる》になると里門が閉じられ、身動きができなくなってしまう。夏侯嬰の家は尹恢の家とおなじ里内にあるので、里門が閉じられるまえに尹恢の家へ移っておきたい。

「夏侯嬰に会ったら、ここにはもどってこない。そなたは伉をつれて、呂公のもとへゆきなさい」

と、樊噲は妻の呂須《りょしゅ》をさとした。

「では、いっしょにでましょう」

と、呂須はいった。夫がぶじであることを確認できたので、あとは姉の釈放を父のもとで待てばよい。

――遅いな。

なかなか尹恢はこなかった。夕日をみた樊噲が焦《じ》れていると、ようやく尹恢がゆっくりとやってきた。

事情を知らない尹恢は、

「なにか、用だったかな。呂須さん――」

と、声をかけながら、家のなかにはいってきた。

「遅いぜ、兄さん」

この声におどろいた尹恢は、うすぐらさのなかに樊噲が立っていたので、表情を一変させた。尹恢を、兄さん、と呼ぶのは樊噲と周緤のほかにいない。

「樊噲、帰っていたのか」

「夏侯嬰に会わなくちゃならねえ。今夜、泊めてくれ」

「わかった。笠で顔をかくし、ついてきな」

尹恢の目つきがするどくなった。

さきに家をでたのは尹恢で、そのあと、樊噲がでて、すこしおくれて呂須が子の手を引いてでた。呂須は夫の後ろ姿を瞼《まぶた》に焼きつけるように視《み》てから、つまさきのむきを変えた。

「今日は暖《あたた》かい。まもなく春だ」

尹恢は追いついた樊噲にきこえるようにいった。それには答えず、樊噲は笠のなかから左右に目をくばった。立ちどまって樊噲を怪《あや》しむ者はいなかった。

尹恢の家にはいって笠をとった樊噲は大息《たいそく》した。

「といっても、夜は冷える」

そういいながら尹恢は炉に火を起こした。炉のほとりに腰をおろした樊噲に目をやった尹恢は、

「なんじがついているから、亭長に害はおよばなかったとおもっているが、ちがうか」

と、いった。劉邦と長いつきあいのこの男は、のちに劉邦軍の渉外《しょうがい》担当の一員となり、天下が平定されたあと、故城《こじょう》侯に封《ほう》ぜられて、二千戸の食邑《しょくゆう》がさずけられる。

「泗水亭にいたときより、いまのほうが、はつらつとしています」

「そりゃ、いい」

尹恢は哄笑《こうしょう》した。樊噲の話をきいていた尹恢は、外がすっかり暗くなったことをたしかめてから、夏侯嬰を呼びに行った。灯《ひ》のとぼしい家のなかにはいってきた夏侯嬰は、炉のほとりにある巨《おお》きな背をみるや、

「樊噲——」

と、小さく叫んだ。首をまわした樊噲は、

「亭長も生きています。ご安心を——」

と、いい、微笑した。

ここからおもに樊噲が語り手となり、ふたりは聴き手となった。

話を聴き終えたふたりは、顔をみあわせ、

「おどろくようなことばかりだ」

と、嘆息した。

「昔、あなたを密訴《みっそ》した者と、今回、亭長をおとしいれた者は、同一人物だろうか」

尹恢は夏侯嬰を視て、すこし首をかたむけた。

「わからない。とにかく亭長を怨《うら》んでいるやつだ。亭長から遠くないところにいて、けっして怪しまれない。そういう男だろう。狡猾《こうかつ》だから、尻尾《しっぽ》をつかまれるようなへまはしない」

かつて放免《ほうめん》された夏侯嬰はさんざんしらべたのである。

「いまだに謎も解《と》けない」

と、夏侯嬰はやるせなげにいった。夏侯嬰と劉邦のちょっとしたけんかを目撃できた者は、泗水亭の下働きの者しかいないのである。だが劉邦は、かれらは密告者ではない、と断言した。劉邦は非凡な勘《かん》をもっており、人の良否をひとめでみぬく。そういう劉邦がいうのであるから、下働きの者を信じてやりたいが、笞刑《ちけい》で半死半生になった夏侯嬰は、かれらをもしつこくしらべた。が、かれらはそろって善良であり、しかも劉邦を敬慕《けいぼ》していた。

「劉季《りゅうき》のいった通りだ」

ついに夏侯嬰は密告者さがしをあきらめたのである。

急に樊噲が目をあげた。

「泗水亭で働いている者ではありませんよ」

「どうしてわかる」

「いや……、亭長をはめようとした人物がおなじだと仮定したら、です。今回、人夫たちにかなりの銭をつかませています。下働きの者に、そんな銭はないでしょう」

樊噲は多少の推量をくわえていった。三十数人の人夫が脱走したもとのところで、銭の動きがあったとみている。

「なるほどな……」

往時をふりかえってみた夏侯嬰は、密訴を県令が信じたふしがあることに想いあたった。下働きの者の密訴であれば、県令のように身分の高い者が信じたかどうか。あるいは、目撃した証人として下働きの者を訟庭《しょうてい》に呼び寄せることができたはずなのに、そうしなかった。

――すると……。

密告者が目撃者ではなかったばかりではなく、下働きの者もふたりの小さな争いをみていなかったことになる。

「こんな奇妙な話があるか」

そういった夏侯嬰は、もう憶《おも》いだしたくないのか、顔のまえで手をふり、

「これからのことを考えようじゃないか」

と、いった。まだ伝聞にすぎないが、盗賊が激増している。このことと人夫の徴集とが無関係ではないと判断した中央政府は、諸県に夫役《ふえき》を課すことをやめ、命令を遵守《じゅんしゅ》しなかった県令を問責《もんせき》することもやめた。

「問責の使者が足りなくなるほどの事態になったということよ」

夏侯嬰はそう想っている。

ただしすべてが伝聞であり、推量である。県令によってはっきりと告示されたことはひとつもない。驪山にむかう途中で逃げた人夫が、沛県では、ひとりも処罰されず、県令も問責されなくなった以上、

——樊噲も逮捕されない。

と、夏侯嬰はおもったが、事態が急変する場合もあるので、そのことは口にしなかった。用心をゆるめると、官憲《かんけん》につけこまれる。

「銭はこれしかないが、もっていってくれ」

と、夏侯嬰と尹恢は千銭を樊噲に渡した。その後しばらく三人は語りあい、夏侯嬰がかえった。

横になった樊噲は、

「亭長は、幸せ者だな。こんなに多くの人が心配してくれている」

と、つぶやくようにいった。

「劉季は、信陵《しんりょう》君や楽毅《がっき》が好きだった。たぶんいまも好きだろう。男として生まれたかぎり、信陵君や楽毅のようになりたい、と心の底でおもっている。そのふたりの名を、劉季からきかされたことがあるだろう」

尹恢は二十代の劉邦を憶いだした。野生の獣のような目をしていたが、純粋さが

ほとばしっていた。

――他人のために命《いのち》を落としそうだ。

と、尹恢ははらはらしながら見守っていた。

「信陵君や楽毅は、そんなに偉かったのか……」

樊噲はそのふたりの事績については、まったくといってよいほど知らない。

「偉かったさ。ふたりとも弱者を助け、強大な敵を打ち破った。たれにもできないとおもわれていたことを、ふたりは私欲をみせずにやってのけた」

もっとふたりについて語ろうとした尹恢は、すでに樊噲がねむっていることに気づいて、

「劉季がいまの秦を倒せば、ふたりを踰《こ》えるということよ」

と、自分にむけていった。

翌朝、尹恢の家をでた樊噲は、足ばやに沛県をあとにした。かれが旅を終えると、冬も終わった。本拠にしている山にはいってゆくと、まともな家を目にしておどろいた。その家からでてきた王吸《おうきゅう》が、

「山は険塞《けんさい》になりつつありますよ」

と、誇らしげにいった。

ひと月も経《た》たないうちに、家を建てることはむずかしい。樊噲は、

「よく建てたものだな」

と、驚嘆してみせた。うれしそうに笑った王吸は、

「碭《とう》県からのがれてきた者たちのなかに、建築に精通している工人がふたりもいたのです」

と、うちあけた。

「なるほど、それなら――」

建築用の工具がそろい、劉邦の配下が協力すれば、家の二、三軒は短期間で建てられるであろう。

「この家は、見張り台もかねています。上から、あなたが帰ってくるのがよくみえましたよ」

「そうか」

樊噲は屋根の上を瞻《み》た。喬木《きょうぼく》でうまくかくされているが、規模の小さな望楼《ぼうろう》が建てられていた。こういう家が山の三方に建てられ、その家に詰めた者は、昼夜、見張りをつづけているという。

「沛県に変わったことはなかったのですか」

「まあな……」

ことばを濁《にご》した樊噲は、王吸とみじかく話したあと、山を登りはじめた。巖角《がんかく》を利用して、頑丈《がんじょう》な木戸が造られている。それがいくつもあり、近くにかならず人がいた。

「樊噲さん、お帰り」

ひらかれている木戸を通るたびに、声をかけられた樊噲は、

——なるほど険塞になりつつある。

と、感心した。見知らぬ顔もみたので、人数がふえたようだ、とおもった。数人が起居《ききょ》していた巨きな巖穴は、いまや劉邦ひとりだけの住居となり、家の体裁《ていさい》になっている。

「おう、帰ったか」

この劉邦の声に、いやなかげりも衰えもないと感じた樊噲は安心し、まず、

「夏侯嬰と尹恢から贈られた銭です」

と、千銭をさしだした。それから報告をはじめた。肝心《かんじん》なのは、囚人《しゅうじん》となっていた呂雉《りょち》が、蕭何《しょうか》、曹参《そうさん》、任敖《じんごう》らのはたらきかけで、出獄できるようになったことである。劉邦をおとしいれた元凶《げんきょう》が沛県にいるのではないかという、周緤の推理は、

報告からはぶいた。

「県令は、妻を投獄したのか」

想像しないことではなかったが、それが事実であると知った劉邦は、眉宇《びう》に忿怨《ふんえん》の色をみせた。

県令や県丞《けんじょう》など、沛県を治めている最上級の官吏《かんり》たちはそろって凡庸《ぼんよう》である。それだけに実力のある属吏の蕭何や曹参の意見に左右されて、多くの逮捕者も処罰者もださなかった。が、碭県の令のような、冷酷な切れ者の下には、囚人と刑死者がふえにふえた。それを想えば、劉邦の妻だけが囚繫《しゅうけい》された沛県の実情は、奇蹟《きせき》的におだやかであったといえる。

沸騰《ふっとう》した劉邦の感情がしずまるのを待って、樊噲は、

「人がふえたようですね」

と、いった。

「なんじがでかけたあと、十人はふえたか」

「新参《しんざん》者の素性《すじょう》をおしらべになりましたか。そろそろ官憲の間諜《かんちょう》がはいりこんでくるころです」

劉邦の口もとが笑いでほころんだ。

「素性をしらべるまでもない。貌《かお》をみればわかる」

劉邦の直観力は尋常ではない。樊噲は十代のころ、劉邦に従って旅をしたことがあった。たまたま夜行《やこう》したが、突然、足を停《と》めた劉邦が、

「どうも、いやな予感がする。道をかえよう」

と、ひきかえしたことがあった。あとで知ったのだが、その山道は、大雨のあとでもないのに、山の崩落《ほうらく》のために埋まった。人についても、その素性や将来をよく当てた。

――だが、亭長をおとしいれた者を、看破《かんぱ》できていない。

それほど鋭敏な劉邦の目を曇らせてしまう者とは、もしかすると身内か、身内にひとしい人物ではないか。樊噲はそうおもったものの、この話題をだすのはやめた。

それから十日ほど経った温暖な日に、麓《ふもと》の見張り台に黄色の旗が樹《た》った。旗の色は、最速の伝言になっている。黄色の旗は、

「亭長の客が到着した」

と、いうことである。首をかしげた劉邦は、

「たれがきたのか。みに行ってくれ」

と、樊噲をさしむけた。

麓におりた樊噲がみたのは、見知らぬ男であった。かれはすぐに樊噲にむかって頭をさげ、

「わたしは周苛《しゅうか》の友人です。たのまれた書翰《しょかん》をおとどけにきました」

と、いい、書翰を樊噲に手渡すと、多くを語らず、立ち去った。

書翰をひらくまえに、劉邦は、

「周苛に、われらの居どころを、おしえたのか」

と、樊噲にいった。慍《むっ》とした樊噲は、

「娥姁さまにも告げなかったことを、どうして周苛におしえましょうや」

と、反発するようにいった。

「はは、わかっている。ちょっとからかっただけだ」

そういった劉邦は書翰を読み、さらに高い声で笑った。

「妻が釈放された」

「お賀《いわ》いをしましょうか」

「そうだな。酒宴《しゅえん》といこう」

酒好きな劉邦のために、山中に酒もたくわえられている。配下のはしゃぐ姿をな

がめながら、劉邦は書翰にあった別の文面をふりかえった。

「二世皇帝、遊幸《ゆうこう》。東方を巡行《じゅんこう》する予定」

その東方が、どこを指しているのかは、わからない。常識的に考えれば、父である始《し》皇帝が巡行した跡をたどるという道順になろう。その道順に碭郡と泗水郡ははいっていないはずである。もしも二世皇帝がこの二郡を通るとすれば、道の安全を確保するために、郡県の吏《り》人《じん》が警邏《けいら》をおこなうので、劉邦ら流人《りゅうじん》たちは山沢にかくれていられなくなる。

――あぶない、あぶない。

劉邦は自分の首すじを平手でたたいた。

ところで、始皇帝陵を完成させるといっておきながら、なぜ二世皇帝は旅行にでるのか。咸陽《かんよう》の宮中の深奥《しんおう》をのぞきみることができる者はいないが、いちおう推測《すいそく》の目はそこまでとどく。すなわち二世皇帝が帝都にいてもらってはこまる、と考えた者が、旅行を勧《すす》めたのであろう。

「天子が諸国を巡って視察することを、巡狩《じゅんしゅ》という。ただし巡狩は、四、五年に一度おこなえばよいものだ」

かつて張耳《ちょうじ》からそう教えられたことがある。天子は旅行の途中で、善行《ぜんこう》の者を表彰することもする。始皇帝のように、人民を視ずに、おのれの威光だけを天下に知らしめようとした旅行は、巡狩とはいわないであろう。二世皇帝の旅行も、おなじ性質をもっているにちがいない。

——威張りくさった皇帝だ。

皇帝は天下の民をみさげているが、じつは万民からみさげられているのが皇帝なのである。

山中にあって呂雉の出獄を配下とともに賀った劉邦であったが、当の呂雉は、父母にひきとられてすぐに体調をくずした。

そのため、ひと月間の静養《せいよう》を余儀《よぎ》なくされた。看護には妹の呂須がいてくれたので、心強かった。呂須の子の伉だけではなく、呂雉のふたりの子も、実家に移っているので、劉邦家は無人となるはずであった。だが、審食其《しんいき》が、

「わたしが留守《りゅうしゅ》しますよ」

と、いって、住んでくれている。その審食其が桃の花をもって見舞いにきた日に、呂雉は病牀《びょうしょう》を払うことができた。

「こりゃ、慶福《けいふく》——。桃の花が邪気《じゃき》を払いましたかな」

「きっと、そうです」

と、呂雉は笑ったものの、その笑貌《しょうぼう》に生気がもどってきたのは、それから十日後であった。それをたしかめた呂公は、親しい者を集めて、快気《かいき》祝いの宴を催した。集まった者たちに頭をさげた呂雉は、

「みなさまにご心配をおかけしました。足も衰弱し、歩行がままならなかったのですが、ようやくもと通り歩けるようになりました。そこで二、三日しましたら、主人のもとへ行ってみようとおもいます」

と、いい、みなを驚愕《きょうがく》させた。妹は顔色を変えて、

「お姉さまは、劉季どのがどこにいるのか、おわかりなのですか。わたしさえ知らないことを、病牀にあったお姉さまが、どうしておわかりになるのです」

と、なかばいさめつついった。すると呂雉は笑い、

「西南の方角にいますよ」

と、こともなげにいい、ゆびさした。堂内の者たちはざわめいた。審食其だけが大口をあけて笑い、

「こりゃ、愉快だ。沛県の者はたれも亭長のゆくえを知らないのに、娥姁さまは、室外に一歩もでずに、そのゆくえをご存じであるという。娥姁さまが尋常ならざるかたか、どうかは、これでわかる。どうであろう、勇気のあるかたと物見高《ものみだか》いかた

は、娥眴さまに蹤《つ》いてゆくべきであろう」

と、甲高《かんだか》い声でいった。

挙兵の時

呂雉《りょち》は病牀《びょうしょう》を払ったあと、深呼吸をすべく、窓辺に立ったことがあった。

——おや……。

晴れた天空にまっすぐに立ち昇る気がみえた。それは白い雲のようでもあるが、雲がまっすぐに立つはずがない。いそいで庭にでた呂雉は、その遠い気をながめているうちに、

——あの下に、夫がいるにちがいない。

と、ひそかに確信して、涙ぐんだ。囚人《しゅうじん》として獄中にいるときも、夫である劉邦《りゅうほう》と胸中で語りあっていた。人夫を率いて沛《はい》県を出発することになった劉邦は、われはためされているのであり、けっして死ぬことはない、といった。

——ためされるのは、夫だけではない。

また、夫が死なないのであれば、妻も死なない。呂雉はそう信じて獄中のつらさ

を耐えつづけた。釈放されるとわかったとき、神力《しんりょく》がはたらいた、と強く感じた。

「よく耐えたな」

と、神に称《ほ》められたような気がした。獄からでて父母の手にからだがささえられたとき、なぜか、強烈に、

――夫に会いたい。

と、おもった。病牀にあっても、

「あなたはいまどこにいるのでしょう」

と、心のなかで問いつづけた。天空に立ち昇った気が、その答えでなくてなんであろう。

――わたしの声が、夫にとどいたのだ。

そう信じて疑わない呂雉は、旅行の支度《したく》をしはじめた。それをみた母はおろおろしたが父の呂《りょ》公は、呂雉の性格を知りぬいているので、

「いいだしたかぎり、とりやめるはずがない」

と、苦笑し、長男の呂沢《りょたく》に、

「つきそってやれ」

と、いった。うなずいた呂沢は友人に声をかけ、さらにふたりの下僕《げぼく》を従者にく

わえた。むろん呂雉のゆくところであれば、どこにでも蹤《つ》いてゆく審食其《しんいき》も参加した。

蜺《にじ》はたれの目にも映《うつ》るが、立ち昇る気となると、そうではないらしい。気がみえるという呂雉には、異能《いのう》というより、特別な感覚があるというべきであろう。

沛県をでたこの十人未満の集団は、いちおう背後に用心の目をむけた。呂雉が夫の劉邦に会いにゆく、といううわさが立っていれば、県はひそかに吏人《りじん》に命じて追跡させるであろう。が、終日、怪《あや》しい人影を後方にみなかった。呂雉の快気《かいき》祝いに集まった人々は、口が固かったということである。あるいは呂雉がほんとうに夫を捜しにゆくとはおもわなかったかもしれない。

かれらは西へはむかわず、いったん南下して彭城《ほうじょう》へむかった。奇妙なことに、この集団を嚮導《きょうどう》する者はいない。集団の中心にいる呂雉が、

「彭城から西へむきを変えればよいのです」

と、いったかぎり、その指図に従うしかない。しかしながら呂雉は泗水《しすい》郡を歩きまわったことはいちどもない。

呂雉の自信に満ちた顔をながめた呂沢は、審食其にむかって、

「劉季《りゅうき》は豊邑《ほうゆう》を経て、沢のほとりで人夫を解散させたときいた。豊邑は沛県の西にあり、われらはずいぶん南下した。方向がちがいすぎるとおもわれるが……」

と、いい、意見を求めた。

「いや、いや、これでよいのでしょう。娥《が》姁《く》さまの目に映るものが、われらにはみえないだけです」

「妹には、目じるしがある、ということか。あの迷いのなさが、ふしぎでならぬ」

劉邦家の家宰《かさい》きどりの審食其は、呂雉に狎昵《こうじつ》してきたので、

「亭長《ていちょう》が赤帝《せきてい》の子であるという話を、呂須《りょしゅ》さまからおききになったでしょう。亭長が赤帝の子であれば、その妻も、非凡な能力をおもちなのです」

と、得意げに説《と》いた。

「気の強いだけの妹だとおもってきたが、こうなると、みなおさねばならぬ。獄中でもよく耐えた。ふつうの女であれば、斃《たお》れていたであろう」

「さようです。しかしながら、ここからがむずかしい」

審食其は眉《まゆ》を寄せた。

呂沢はものごとを陰気には考えぬ質《たち》で、弟と妹をはげましてきた一家の梁桷《りょうかく》である。それだけに目配《めくば》りのよさをもってはいるが、先の先を考える、いわば先見《せんけん》の明《めい》に欠けるうらみがある。ここでも、審食其がみる未来の困難とは、どのようなものか、わからず、

「と、いうと——」

と、問うた。審食其はいやな顔をせず、説明した。

「娥姁さまは釈放されました。が、亭長はどうでしょうか。罪を犯していないのに、あいかわらず犯罪者であるとみなされています。したがって、沛県へもどれば、逮捕されるでしょう」

「ふむ……」

「では、たれが、亭長を赦《ゆる》すのですか」

難問である。

「皇帝が大赦《たいしゃ》をおこなわないかぎり、罪は消えない」

それくらいは呂沢にもわかる。だが、これは、難問にたいする明答にはなっていない。

「始《し》皇帝もそうでしたが、とくにいまの皇帝は、人民のために大赦をおこなうことは、けっしてしません。するといまの皇帝が亡《な》くなるまで、亭長は逃亡生活を送ることになります。いまの皇帝は二十一歳であり、当然のことながら、亭長のほうがさきに亡くなってしまいます」

秦《しん》王朝は、犯罪者を増やすばかりで、減らす工夫《くふう》をしない。

ここにきて、ようやく審食其の意中に想到《そうとう》した呂沢は、

「では、劉季が赤帝の子であるという話は、虚空《こくう》に浮いて、消滅してしまうのか」

と、いった。

「そこなのです。そのような神がかりの話は、めったにあるものではなく、かならずあとで、やはりそうであったか、と腑《ふ》におちる事態が生ずるものなのです。けれど、そういう事態に近づくために、われらが何をすればよいのかがわからないのです」

腕をこまぬいていれば、事態は好転する、などという楽観を審食其はもっていない。早く劉邦を苦境から脱出させたいのである。

「なんじには、信《まこと》がある。妹が信頼するはずだ」

と、呂沢は審食其をみなおしたようにいった。

かれらは彭城にはいった。

泗水郡のなかで最大といってよいこの県に郡府が置かれなかったのは、ふしぎである。とにかくこの県は、四通八達《しつうはったつ》の地であり、ここから東西南北どの方向へもゆける。

「西へむかいます」

と、呂雉がいったので、随行者は彭城をでると蕭県《しょう》へむかった。蕭県に到着すると、呂雉は、

「西南へむかいます」

と、いった。蕭県の西南には、郡府のある相県《しょう》があり、相県のすぐ南には睢水《すいすい》という大きな川がながれている。

――その川を越すのは、めんどうだ。

呂雉に従う者たちが想《おも》ったことは、おなじであった。だが、相県にはいった呂雉は、

「すぐには、川は渡りません」

と、いい、川にそって西北にむかうように指示した。

「碭《とう》郡に踏みこむことになるぞ」

呂沢に不安の色をみた審食其は、

「なんとなく、わかってきましたよ。亭長は郡界《ぐんかい》にいるのです」

と、うなずいてみせた。

かれらはついに郡境を越えて碭郡にはいり、そこで渡し船をみつけて、芒県《ぼう》に到った。

「北です」

呂雉が断言したので、随従《ずいじゅう》の者たちは顔をみあわせた。あまりにはっきりと呂雉が指示したので、つい、疑いたくなったということもあるが、芒県から西南にゆくとしばらく県がないので、流人《りゅうじん》にとっては隠れやすいとおもっていたから、北といわれておどろいたのである。芒県の北には碭県がある。

「碭県をすぎると、下邑《かゆう》まで県はない。そのあたりかな」

呂沢は父の呂公に従って、碭郡から泗水郡に移ってきたので、碭郡にはくわしい。ただし、下邑の北に凶《わる》いいきさつのある単父《ぜんほ》があり、そこにはゆきたくない。

「ゆくのは下邑までだ」

と、呂沢はすこしけわしさをみせて、審食其にいった。

「わかっております。わたしがわかることを、亭長がわからぬはずはありません」

審食其はかろやかに呂沢の警告をうけとめた。

歩いているだけで、うっすらと汗が浮きでるほどの陽気になった。

芒県をでたこの小集団は、ふたたび睢水を渡り、碭県をめざした。

が、途中で呂雉は足を停《と》めた。

大きな沢のむこうに山がある。山に斑点《はんてん》がある。斑点とみえるのは、岩石の露呈《ろてい》であろう。呂雉はその山を瞻《み》ている。

「どうなさいました」

この審食其の問いに、呂雉は莞爾《かんじ》と答えた。

「あの山に主人がいます」

この声をきいた随従の者たちはひそかに怪疑《かいぎ》した。かれらはそれぞれ劉邦の隠れ場所を想像していたが、共通していたことは、

——亭長は深い緑のなかにひそんでいるであろう。

ということである。が、呂雉が指した山は緑がすくなく、あえていえば殺風景である。

「狼のすみかになりそうな山だが、あんなところに劉季がいるのか」

と、呂沢は念をおした。

「います」

呂雉の目は動かない。

すぐに審食其が、

「さあ、路を捜しましょう」

と、全員に声をかけ、沢のほとりをめぐりはじめた。やがてかれは、

「これ、これ、これです」

と、呂沢を呼んだ。草をかきわけてきた呂沢も小さく声を揚《あ》げた。草が厚く敷かれて路がつくられている。

「沢を渉《わた》ってゆく近道ですよ」

と、審食其はいったが、おそらくその通りであろう。冬になればすべての草が枯れるので、この草の路も消える。

呂雉をはじめ全員が踝《くるぶし》のあたりまで濡《ぬ》らしながら、この草の路を歩いた。沢を越えると木立《こだち》がある。無人にみえたその木立にはいったとたん、審食其は木陰《こかげ》からあらわれたふたりに、

「この山に、どういうご用か」

と、問われた。この瞬間、

――娥姁さまは、正しかった。

と、審食其は直感して、身ぶるいをした。そうではないか。沛県にいて、この山を観《み》た呂雉には、千里眼がそなわっているとしかいいようがない。奇矯《ききょう》ということばだけではかたづけられない神秘を呂雉に感じざるをえなかった。

見張り台に黄色の旗が樹《た》った。

世のなかにはふしぎな符合《ふごう》というものがあるらしい。

この日、巖穴《がんけつ》からでて、すこし斜面をおりた劉邦は、なかばひかげになった岩壁《がんぺき》に背をあずけて、沛県のある東北のほうをながめていた。

——妻と子は、どうしているか。

なるべく考えないようにしてきたことであるが、なぜか今日にかぎって、沛県の自宅が恋しかった。

「亭長、客人です」

下から昇ってきたかすかな声に、われにかえった劉邦は、黄色の旗を確認すると、

「われがゆく」

と、応《こた》え、白く乾いた石径《せっけい》をすばやくくだった。かれは巖穴のなかでだらしなく起居《ききょ》していたわけではない。四十人までふえた配下をつかって、小規模ながら狩りを二、三度おこなった。古来、狩りは一種の軍事訓練である。用兵に役立つ。

——山には独特な精気がある。

それを体感した。人を活《い》かしてくれる気である。難病の者が高山に登ってしばらくとどまると治《なお》る、ときいたことがあるが、そういう山がもつ治癒《ちゆ》の力を劉邦は疑わなくなった。実際、劉邦は山中ですごしてきて、鬱屈《うっくつ》をおぼえなかった。むしろ

今日のように、心に靄々《あいあい》と霞《かすみ》がかかるのはめずらしいといえる。

麓《ふもと》に到って、見張り台にむかった劉邦は、

「まさか――」

と、わが目を疑った。警備の者をふくめて十人ほどの遠い人影のなかに、ひとりだけ輝光《きこう》を放っている者がいて、それが妻の呂雉にみえたからである。だが、どう考えても、妻がここにくるはずがない。劉邦の居どころを知る者は沛県にはひとりもいないはずではないか。

「あなた――」

この遠いけれど勁《つよ》い声をきいた劉邦は、からだのどこかが甘くしびれた。

――娥姁がいる。

何度目をこすっても、その声を放った者は妻であり、まぎれもなく妻が兄の呂沢や審食其などと立っているではないか。

――こんなことがあるのか。

劉邦は全身で喜び、趨《はし》った。呂雉も趨った。

妻のからだをうけとめた劉邦は、

「よくここがわかったな」

と、大仰《おおぎよう》に驚嘆《きようたん》した。抱きあげられた呂雉は、満面《まんめん》の喜色《きしよく》で、

「あなたの上には、つねに雲気があるからです」

と、いい放った。

――おどろいたな。

呂沢をはじめ呂雉に随行してきた者たちはこの声をきいて、いっせいに天空を仰ぎ視《み》た。が、雲気など、どこにもない。

「残念ながら、われらにはみえぬということです」

と、審食其は呂沢にささやいた。

「今日は、遠来の客をもてなそうぞ」

この劉邦の声は、伝令となって山中の配下につたわり、夕方になるまえに続々と山腹まで人が登ってきた。かれらはその遠来の客が劉邦の妻であることを知って、おどろかぬ者はいなかった。雲気ということばも、はじめて知った。日没のころ、碭県からもどった樊噲《はんかい》は、山の中腹が宴会場になっていることをいぶかり、劉邦の右に呂沢がいて、左に呂雉がいるところをみて、

「なんと――」

と、いったあと、ことばを失った。微笑した呂雉は、手招きをして、この巨軀《きよく》を

坐らせ、

「妹と伉《こう》は、いずれもすこやかですよ」

と、いい、杯に酒をついで呑《の》ませた。

「義姉上《あねうえ》は、この場所を、どなたにお訊《き》きになったのですか」

「たれにも――」

そういわれた樊噲は酒にむせた。

「たれにも問わずに、おわかりになった……」

「そうです」

ここで呂沢が天をゆびさして、

「妹に教えたのは、あれよ」

と、いい、声を立てて笑った。樊噲に近づいた審食其は、

「あなたをからかったわけではない。それは、まことのことです。われらは娥姁さまに導かれて、ここに到ったにすぎません。亭長も娥姁さまも、非凡なかたであり、かならず天命をお享《う》けになるときがくるでしょう。われらはいのちを賭《と》して、おふたりを守りぬかねばなりません」

と、いった。

この夜、劉邦に抱かれてねむった呂雉は、幸せな時間をすごしたといえるであろう。

翌朝、劉邦より早く起きた呂雉は、巖穴をでて、たいらな岩に坐り、日が昇るまえの風景をながめた。まだ沢は青黒いが、中腹より上の岩から夜の色がはがれ落ちて、青白く、山は微妙な美しさをもっていた。

——人も上に昇らないと、早く陽光があたらない。

わたしと夫は沢を渉ったかもしれないが、まだ麓の暗さのなかにいる。そう感じた呂雉だが、いらだちはおぼえなかった。山の静けさが染《し》みてきて、ここちよかった。やがて、眼下から炊煙《すいえん》が立った。

この煙は雲気ではなく、たれの目にも映る。よくいままで芒県と碭県のあいだを往来する者に気づかれなかったものだ、と呂雉はおもった。あるいは、この炊煙は、下の道からではみえないのか。

日が昇りはじめた。

呂雉は岩にひたいをつけて禱《いの》った。

「早く夫が沛県に帰れますように」

この禱りを終えたとき、劉邦が巖穴からでてきた。いきなりかれは、

「そなたが光を放っているように視えた。やはりそなたも貴人《きじん》となる」

と、いい、呂雉の肩を抱いた。呂雉の目から涙が落ちた。奇瑞《きずい》はいくつもあるのに、この現実のむごさは、いつまでつづくのか。

「あなたが、おかわいそうです」

「そうかな。この山にのがれてきた者たちは、われよりもさらにむごい目にあわされた。われがかれらを救ったというためには、時代を更《か》えねばならない。そのような大それたことを、われができるのであろうか」

「できますとも」

呂雉は断言した。

「そうか、そなたがそれほどはっきりいうのであれば、かならずそういう時がくるにちがいない」

劉邦も朝の光を浴びた。ようやく沢のあたりも、青くなった。

この日、呂雉や呂沢らは山をおりて帰途についた。麓までおりてかれらを見送った劉邦は、その集団に樊噲を付けた。呂雉を護《まも》らせるためでもあるが、世情をさぐらせるためでもある。

この時代、庶民が集団で移動すると、かならず郡県の吏人に見咎《みとが》められる。そういう点でも、呂雉と随行者の往復はきわどかったといえるが、かれらはぶじに沛県に復《かえ》った。呂雉にも運の強さがあるとみてよい。

深い感動と驚嘆をおぼえたのは、呂沢とともに旅行を終えて、一部始終をみてきた友人たちである。かれらは帰宅するや、家族にこまごま語り、語りつつまた感動した。

「あなたの上にはつねに雲気がある」

呂雉が劉邦にむかっていったこの神秘的なことばは、しばらくすると、沛県のなかでひそかに広まった。広まったのは、それだけではない。

「泗水亭長は、泗水郡と碭郡の境にいるらしい」

そういううわさも広まったのである。このころになると、沛県と豊邑の人夫が途中で脱走した実情と、その際、劉邦がとった行動も、沛県の人々に知られて、劉邦を英雄視する者たちがあらわれはじめた。とくに不就業者である少年《しょうねん》たちは、ひごろ不満をかかえているので、

「途中で逃げたやつらを捕らえて、とりしらべるべきであったのに、県の吏人どもは何をやっていたんだ」

と、陰《かげ》で県の上級官吏《かんり》を非難した。ただし表立っての非難は、おのれの身にわざ

わいをもたらすことになるので、二、三人が密会しては不満をぶちまけあうことをくりかえすしかなかった。しかし、劉邦の居どころがなんとなくわかってきたので、

「亭長のところへ行こうじゃないか」

と、話しあい、実際、すくない食料をもって沛県をでる少年がふえた。かれらは県民にまともにあつかってもらえず、毎日、あてもなく、不快にすごしてきた者たちばかりである。王陵《おうりょう》などの豪族に従属すれば、食べることはできても、活動は縛《しば》られる。そういう窮屈《きゅうくつ》さを嫌う少年たちはすくなくなかった。

半月ほど沛県にとどまっていた樊噲が、五月に山沢《さんたく》にもどってみると、山中の人数は、十数人ふえていた。そのなかに沛県の若者がいたので、劉邦に会うや、

「ここは、沛県の令にも知られたと想うべきです。この先、どうなさいますか」

と、問うた。

芒県と碭県のあいだの山沢に、五十人以上の流人がこもっていると郡県に知られると、いつなんどきここは捕吏《ほり》に襲われるかもしれない。樊噲の愁《うれ》いはそれである。

だが劉邦は磊落《らいらく》を保ったまま、

「郡県が動くまえに、かならず報《しら》せはとどく。ここにまさる隠れ場所がほかにあるとは想われない」

と、いい、移住をほのめかさなかった。

「さて、下界はどうなっている」

劉邦は樊噲に報告を求めた。

「皇帝は遊幸《ゆうこう》を終えて、咸陽《かんよう》にもどったようです」

中央政府の事情に通じているのは、泗水郡府の上級官吏というべき周苛《しゅうか》である。

樊噲は沛県への往復の途中で、かならず周苛に会った。

「咸陽にもどったとたん、兄である公子をつぎつぎに誅《ころ》したようですが、これはうわさの域《いき》をでません」

「いや、事実であろうよ」

いまの皇帝は始皇帝の末子であるので、すべての公子がかれにとって兄にあたる。始皇帝の子が何人いるのか、わからないが、すくなくとも、十人はいるであろう。かれらの存在が帝位をおびやかしていると皇帝が感じれば、かれらを誅殺《ちゅうさつ》したくなる。それほどいまの皇帝は小心なのである。

「さらに、阿房宮《あぼうきゅう》の建造を再開したようです」

「けっ」

劉邦はつばを吐いた。

阿房とは、地名である。その地に、最初に宮城《きゅうじょう》を築こうとしたのは、秦の恵文王《けいぶん》である。ちなみに恵文王の子が昭襄王《しょうじょう》であり、昭襄王の在位中に周《しゅう》が滅亡したので、歴史的な区分として、その直後から秦が天下王朝となったとみることもできる。それはともかく、昭襄王の子が孝文王《こうぶん》であり、孝文王の子が荘襄王《そうじょう》である。始皇帝政《せい》は、その荘襄王の子である。

始皇帝は阿房に築かれようとした宮城の拡大図を画《か》き、その空前絶後の規模をもつ宮殿から驪《り》山までの八十余里に閣道《かくどう》を通そうとした。閣道は複道《ふくどう》といいかえてもよい。二階造りの廊下である。始皇帝は崩《ほう》ずるまでにそれを完成させられなかったので、子の二世皇帝が工事を再開させたのである。

「民の怨《うら》みを倍加《ばいか》させるようなものだ」

劉邦は建築に壮美をみない男であった。

六月になると、山沢《さんたく》にはいってくる人数が急に多くなった。その顔ぶれをみると、ほとんど沛《はい》県の若者である。

「亭長《ていちょう》の配下が八十人を超《こ》えたのはよいが、食料は足りるか」

と、樊噲《はんかい》は心配して、食料を管理している王吸《おうきゅう》に問うた。

「碭《とう》県の者たちが支援してくれていますが、今年の冬は、越せそうにありません」

これが正直な答えであった。新参《しんざん》者たちは多くの食料をもたずにここにたどりついた。かれらに、食料をとりにかえれ、とはいえない。しかたなく樊噲は、今年の晩秋になると食料が殫尽《たんじん》することを、劉邦《りゅうほう》に告げた。

「そうか……」

と、つぶやくようにいった劉邦は、しばらく黙っていたが、やがて、

「われは伯夷《はくい》と叔斉《しゅくせい》のように、餓死《がし》することになるのか」

と、虚空《こくう》をみつめていった。それはたれに問うたのでもなく、

――天に問うたようだ。

と、樊噲は感じた。おそらく劉邦は死ぬまでこの山からでないであろう。劉邦が山中で死ねば、従属している者たちは、ちりぢりに他方へながれてゆき、ここにとどまる者はいないであろう。樊噲も、沛県へもどるだけである。

――そういうときが、三か月後にくる。

つらい、と樊噲は胸中で叫んだ。劉邦とふたりだけであれば、流亡《りゅうぼう》をつづけることができ、おそらく餓死することはあるまい。が、配下をもったがゆえに劉邦は、

とどまらざるをえなくなった。生産力を内にもたぬ集団が定住すると、どうなるか。坐《ざ》して死すだけである。沢の鳥獣《ちょうじゅう》も、獲《と》りつくしたといってよい。

この六月から七月にかけての時間が、劉邦にとって、もっとも暗かったといえよう。

「この山には、蕨《わらび》も薇《ぜんまい》もあるまいよ」

劉邦は初秋の風に吹かれながら、自嘲ぎみにいった。

——こりゃ、自滅する。

樊噲は山をぬけだして、泗《し》水《すい》郡の相《しょう》県へゆき、もっとも頼りになる周苛《しゅうか》に会って、

「食料をなんとかしてくれませんか」

と、たのんだ。

「困ったな」

渋面《じゅうめん》の周苛は、

「友人を動かしたいが、郡界を越えて食料を輸送するとなると、怖気《おぞけ》をふるうであろう」

と、難色を示した。

じつは食料不足は、山にこもった劉邦集団にだけ生じたことではない。泗水郡と

碭郡も中央政府から食料の搬送《はんそう》を命じられて、不足ぎみなのである。当然、民間に余分な食料はない。

「そうですか……」

胸のまえで両腕を組んだ樊噲は、

――窮《きゅう》したな。

と、絶望をおぼえた。

突然、ふたりの声がきこえなくなった。ふりはじめた雨はすさまじく、時がたってもやまないどころか、さらに烈《はげ》しくなった。

「屋根に穴があきそうだ」

と、目をあげた周苛は、いちど起《た》って家の外をながめたあと、

「睢水《すいすい》が汎濫《はんらん》するかもしれぬ」

と、愁色《しゅうしょく》をみせた。

じつは、この大雨が、歴史を大転換させたといってもよい。

この日、相県からみて、東南にあたる大沢郷《だいたくきょう》に、九百人が屯集《とんしゅう》していた。かれらは、

「閭左《りょさ》」

と、呼ばれる貧しい者たちばかりであった。ちなみに閭左は、里門の左、といいかえてよく、里門の左にはたいてい寒家《かんか》がならんでいる。そういう貧困の者たちばかりが徴集されて、北辺《ほくへん》の守備兵にさせられるのであるが、かれらもはるか北に位置する漁陽《ぎょよう》までゆかねばならなかった。

この集団を引率する者はふたりいた。ひとりを、

「陳勝《ちんしょう》」

と、いい、いまひとりを、

「呉広《ごこう》」

と、いう。陳勝は、潁川《えいせん》郡陽城《ようじょう》県の出身であり、呉広は、陳《ちん》郡陽夏《ようか》県の出身である。潁川郡と陳郡は隣接《りんせつ》している。そういうこともあってか、ふたりは仲がよい。名家の生まれでもなく、家業を継げるわけでもなかった陳勝は、若いうちに実家をでて、人にやとわれて農耕をおこなった。

傭夫《ようふ》として働いていた陳勝には、逸話《いつわ》がある。ただしこの逸話は有名になりすぎたので、もはや逸話とはよべないであろう。

あるとき、農耕の手をやすめた陳勝は、小高い丘に登り、ながながとため息をついた。そこに傭《やと》い主《ぬし》も登ってきたので、ふりかえった陳勝は、

「もしわたしが富貴《ふうき》になっても、あなたのことは忘れませんよ」

と、いった。この傭い主は陳勝によくしてくれたのであろう。いきなり突拍子《とっぴょうし》もないことをいわれた傭い主は、笑って、

「なんじはいま傭われて農耕をおこなっているのだぞ。どうして富貴になれようか」

と、揶揄《やゆ》した。陳勝の大言壮語《たいげんそうご》を哀《かな》しい冗談《じょうだん》とみて、あわれんだともいえる。すると陳勝は大息《たいそく》して、

嗟乎《ああ》、燕雀《えんじゃく》、安《いず》くんぞ鴻鵠《こうこく》の志《こころざし》を知らんや。

と、いった。

燕はつばめ、雀はすずめである。鴻はおおとり、鵠はくぐいである。また鴻も鵠も、大きい、という形容詞としても用いられる。すなわち陳勝は、

「燕や雀などの小さな鳥に、鴻や鵠などの大きな鳥の志がわかろうか」

と、うそぶいたのである。

よけいなことかもしれないが、陳勝は比喩《ひゆ》に大鳥をだしたが、至尊《しそん》というべき鳳《ほう》

凰《おう》も龍もださなかった。どうしてであろうか。陳勝が生まれた潁川郡について、

――潁川郡は夏《か》の人々の居住地である。

と、のちに司馬遷《しばせん》がいうように、夏王朝からつづく家が多くあり、夏王朝の伝説に満ちている地域である。夏王朝の創始者というべき禹《う》王とその父である鯀《こん》に、大鳥にまつわる伝説があるのかもしれない。

それはさておき、九百人をはるばる北の漁陽までつれてゆくことになった陳勝と呉広は、大沢郷で大雨に遭《あ》い、愕然《がくぜん》とした。大沢郷の北をながれている睢水があふれただけではなく、小さな川も洪水を生じ、睢水南岸域の道路はことごとく水没して、交通が杜絶《とぜつ》してしまったからである。

――当分、北へはすすめない。

陳勝と呉広は愁眉《しゅうび》を寄せあって嘆息した。

「これは、ひどい」

夜間、ふりつづいた豪雨は、夜明けにはやんだが、周苛の家をでた樊噲は、城内が水びたしになっていることに眉《まゆ》をひそめた。

城壁が睢水の氾濫から住民を守ったとはいえ、城内は水はけがわるいので、すねの高さまで水がたまっている路があった。煉瓦《れんが》によって舗装《ほそう》されているのは市場だ

けであり、ほかは泥土《でいど》と化した。ただし、樊噲にとってさいわいであったのは、相県が睢水の北岸にあったことである。もしも南岸にあれば、陳勝らのように、数日間、足留《あしど》めを食ったであろう。

冠水や崖くずれのために通行不能となった道を避け、迂回《うかい》に迂回をかさねて、ようやく山に帰着した。すぐに王吸が近寄ってきて、

「どうでした」

と、訊《き》いた。樊噲が山にいないということは、どういうことであるかがわかる勘《かん》のよさを、かれはもっている。

「だめだ。中央が食料を吸いあげている。余剰《よじよう》の食料はどこにもない」

「そうですか」

王吸はうなだれた。王吸にとってここでの生活ほど楽しいものはなかった。それがあと二か月余で終わる。

「亭長と別れたくない……」

「あの人は、どこにもゆかない。ここで餓死する、といっている」

「えっ、そうなのですか」

王吸にとって、それは初耳であった。あわてて、

「亭長は、こんなところで死んではいけない人ですよ。食料が尽きるまえに、ここをでて、別の天府《てんぷ》をさがせばよいことです」

と、いった。劉邦の心を動かせるのは、樊噲しかいない。

「あの人にとって、天府とは、ここであり、ほかにいくつもあるものではない、とおもっている。ぞんがい、あの人は頑固《がんこ》なんだよ」

そういった樊噲は山中を見廻った。大雨による被害をたしかめたのであるが、山に崩れはなく、家の流失はあったものの、死者はひとりもいなかった。

——なるほど、この山は亭長を護《まも》ってくれている。

保護してくれた返礼のためにも、劉邦は独《ひと》りここで死のうとしているのか。

この日から五日後に、樊噲は劉邦に呼ばれた。

岩の上に坐って、東南のほうをながめていた劉邦は、そばに坐れというように岩を掌でたたき、樊噲が腰をおろすと、

「なんじは、戦雲という雲を知っているか」

と、いった。

「戦雲は、戦いの起こりそうなけはいのことでしょう。雲がわきあがるわけではありますまい」

「ふふ」

と、鼻で哂《わら》った劉邦は、

「ところが、雲がわいたのよ。赤黒い雲だ。むこうで地に血がながれ、その地が風によってめくれ天空に立ち昇った」

と、東南をゆびさしながら説《と》いた。

「それが戦雲ですか」

「たぶん——」

そういった劉邦は、

「沛県へ行ってくれ。念のためいうが、今回は相県を通る南路をやめ、下邑《かゆう》から彭城《ほうじょう》を通る北路にしてくれ。これは、われの勘だ。南を避けたほうがよい」

と、樊噲にいいつけた。

「沛県へ行って、何をすればよいのですか」

「なんじの妻子とわが妻子、それに呂《りょ》公の家族を守ってくれ。沛県はかならず容易ならざる事態になる」

「それも、勘ですか」

「だから、いっただろう。戦雲だよ、戦雲、あの怪異な雲に、碭郡も泗水郡も、おおわれることになる」

樊噲は劉邦のいいつけにさからったことはない。かれは旅支度《たびじたく》を終え、数日分の食料をもらいに王吸のもとへいった。するといきなり王吸が、

「樊噲さん、みましたか、きみ悪い雲を」

と、いい、首をすくめた。

――へえ、こやつもみたのか。

すこしおどろいた樊噲は、

「あれが戦雲だ」

と、すましていった。

「あっ、そうですか。戦雲を、はじめてみました。きっと、東南のほうで、大きな叛乱が勃《お》こったのです」

「その戦雲に泗水郡がおおわれるまえに、沛県にもどっておきたい」

と、いった樊噲は王吸にむかって手をさしだした。

初秋の天は澄明《ちょうめい》な気に満ちている。山をおりた樊噲は、目をあげて、

「戦雲をみなかったのは、われだけか」

と、苦笑しつつ、つぶやき、首をかしげて歩きはじめた。碭県へむかったのであ

る。

このころ、二千人ほどの叛乱軍が、蘄《き》県から西北へむかい、銍《ちつ》県に近づきつつあった。その叛乱軍を率いているのは、陳勝と呉広である。

先日の大雨で交通が杜絶したため、大沢郷で動けなくなった九百人に、不安と恐怖が広がった。三日がすぎても、睢水を越せないとわかったかれらは、

「期日までに漁陽に着けなかったら、どうなるのか」

と、ささやきあいはじめた。おびえているだけでは埒《らち》があかないとおもった二、三人がひそかに陳勝のもとにゆき、そのことを問うた。

「秦《しん》の法では、みな斬罪《ざんざい》になる」

陳勝はためらわずにいった。二、三人はそれをきいて気を失いそうになった。それでも、

「明日か明後日に、出発できれば、まにあいますか」

と、問うた者がいた。陳勝はその者をみつめて、

「あの大雨は、ここにだけふったとおもうか」

と、突き放すようにいった。睢水を越えても、通行止めになっている道が多いと想《おも》うべきで、どれほどいそいでも、期日にまにあわないということである。

「屯長《とんちょう》……」

ついに二、三人は腰の力を失って起てなくなった。

それをみた陳勝はおもむろにしゃがんで、

「みなは辺境の守備兵になりたくて故地を発《た》ったわけではない。それでも辺境に着きたいという気持ちはあり、実際に、道をさがした。大雨に遭遇したという事情も、道をさがしてすすもうとした努力も、辺境を守って国の役に立ちたいという気持ちも、秦の法はくみとらない。漁陽に遅れて着けば、なんじらは斬られ、われも斬られる。それがわかっていながら、北へむかうべきであろうか」

と、口調をやわらげて説いた。

陳勝は苦労人だけに、人の心をつかむことがうまく、また弁舌《べんぜつ》に長じている。

さらにかれは、

「いま、逃げたい、とおもっただろう。が、逃げれば、死なないですむであろうか。われはなんじらの引率者ではあるが、われの上には監督官《かんとく》の将尉《しょうい》がふたりもいる。逃げれば、かれらに斬られる」

と、恫《おど》しぎみにいった。きいている二、三人は、声もでない。

「すすんでも死に、退いても死ぬ。さあ、どうする。ただし、どうせ死ぬ、とわかれば、ほかの道がみえてくるはずだ」

じつは、陳勝はすでに呉広と相談し、

「どうせ死ぬのであれば、大計《たいけい》をもって挙兵し、国を建ててから死のうではないか」

と、決めた。鴻鵠の志が、そういう大胆さを産んだといってよい。

ここでの大計というのは、

「楚《そ》の国の再興」

である。陳勝は潁川郡の生まれであるから、秦による天下統一が成《な》されるまえの国名でいえば、韓《かん》の出身ということになる。呉広が陳郡の生まれであり、この郡は旧楚《そ》国の一部であったことを想えば、

「楚の国を再興する、ととなえて兵を挙《あ》げれば、多くの人が集まる」

という着想をもちだしたのは、呉広であるかもしれない。旧楚国の郡に住む人々には、秦への強い怨恨《えんこん》がいまだに消えていない。なんと、

「懐《かい》王がおかわいそうだ」

と、いまだにいう者もすくなくない。

懐王は、百年もまえの楚の国の王である。

秦の昭襄王《しようじよう》から、

「武関《ぶかん》で会見しようではありませんか」

と、書翰《しよかん》によっていざなわれた懐王は、重臣たちの危惧《きぐ》をふりはらって、武関へでかけた。が、それは秦がしかけた陥穽《かんせい》であり、懐王が武関にはいるや、その要塞《ようさい》の門を閉じて懐王を幽閉し、秦都につれてくると人質あつかいにした。あまつさえ、楚には、

「王をかえしてもらいたかったら、領土をよこせ」

と、ゆすった。楚では、この卑劣《ひれつ》さに怒らぬ者はいなかった。しかも秦はついに懐王を帰国させず、客死《かくし》させたので、ここから楚人《そひと》は秦をまったく信用しなくなり、怨《うら》みを深めたのである。

怨みの感情を集め、積もらせると、巨《おお》きな力となる。

そう考えた陳勝と呉広は、不安におびえる者たちを、ことばたくみに手なずけ、かれらをひとつの感情にまとめると、あえて上官である将尉を怒らせて、配下の反発を誘い、ついにふたりの将尉の首を斬った。

陳勝と呉広による最初の叛乱がこれであった。

おなじような叛逆は各地で起こったにちがいないが、それらとちがうのは、この

集団が中央政府の官吏《かんり》を殺したあとも逃散《とうさん》しなかったことである。なにしろ九百人という衆《おお》さである。かれらが武器を執《と》ってまとまれば、郡県の兵にもひけをとらない。この九百人を臣下のように従属させた陳勝と呉広は、この時点で、

「大楚《たいそ》」

という国号をとなえた。九百人という人だけがいて、領土のない国である。

「領土はこれから獲得すればよい。同時になんじらの名も揚《あ》がる」

陳勝は全員にそうさとし、みずからを将軍とし、呉広を都尉《とい》とした。都尉は上級武官のことであるが、この場合、佐将であろう。とにかく建国の意志をもった集団が武器をもって立ちあがった。大帝国の秦にたいするたった九百人の叛乱である。始《し》皇帝が生きていれば、おそらくひと月以内に鎮圧されたであろう。が、二世皇帝の暴政《ぼうせい》が、かれらを助けた。

「まず、攻め潰《つぶ》すのは、ここだ」

陳勝が指したのは、大沢郷というまぢかの聚落《しゅうらく》である。この聚落に住んでいた人々は不運であった。いきなり九百人に襲われて、財産、食料、家畜などを掠奪《りゃくだつ》された。

「大楚が建国されるのである」

そう喧伝《けんでん》した陳勝は、すぐさま兵を西へすすめ、蘄県を急襲した。叛乱にそなえていなかったこの県も、あっけなく陥落した。

「次だ——」

陳勝は兵を休ませない。銍県へむかった。一郷と一県を落としただけで、兵が二倍にふえた。じつは蘄県の北、睢水の南に符離《ふり》という地があり、そこにいた葛嬰《かつえい》という者が陳勝を趨迎《すうげい》したので、

——この者は、つかえる。

と、判断した陳勝は、かれに兵を与えて逆方向にある地を平定させた。

この動きを俯瞰《ふかん》すれば、泗水郡の大沢郷を起点として、叛乱軍の主力は睢水の南岸域を西へ、西へとむかったことになる。西になにがあるかといえば、泗水郡の西《せい》隣《りん》に陳郡があり、その郡の郡府が陳県に置かれているので、叛乱軍はそこをめざしたのである。まえに述べたように、陳県は旧楚国の首都になったことがあり、陳勝がかかげた大楚という国号は、陳県を攻略してはじめて現実味を帯びる。

それはそれとして、陳勝と呉広の挙兵と寇擾《こうじょう》を知らない樊噲は、睢水の北岸域を東へむかったので、彭城にはいるまで、南の血なまぐさい喧騒《けんそう》を知らなかった。彭城の県令は叛乱の実態を知らず、大きな盗賊団が睢水南岸域で跳梁《ちょうりょう》しているときい

ただけなので、すぐに城門を閉じなかった。おかげで樊噲は城内に閉じ込められずに、沛県へむかうことができた。ただし、沛県の南にある留《りゅう》県は門が閉じられていたので、やむなく露宿《ろしゅく》した。

——ここは盗賊団におびえすぎだ。

と、嗤《わら》った樊噲は、翌日、沛県の泗水亭に着いた。なかにいた任敖《じんごう》はいきなり、

「どこを通ってきた」

と、けわしく問うた。

「亭長が北まわりでゆけといったので、下邑から彭城を通って帰ってきました」

「相県は、通らなかったのか」

「睢水には近づきませんでしたが、もしや、あの盗賊団のことですか」

樊噲はすこし歯をみせた。

「盗賊団だと、寝呆けたことをいうな。叛乱が勃発したのだ。わが郡の銍県は攻め落とされ、賊軍が相県の対岸を通って、碭郡の酇《さん》県へむかったということだ。その兵力は、五千とも六千ともきく」

「えっ——」

さすがの樊噲も顔色を変えた。酇県へは、行ったことがある。芒《ぼう》県の西にある県

である。賊軍がそのあたりを通ったということは、劉邦のいる山沢まで賊兵が踏みこんだかもしれない。

「賊兵がこちらにむかってこないともかぎらないので、泗水亭は今日で閉《し》める。かたづけをてつだえ」

任敖はせわしげに動いた。樊噲の心は落ちつかなくなった。

落ち着かなくなったのは、山沢《さんたく》の住人もおなじである。

「銍《ちつ》県が賊兵によって落とされた」

うわさがつたわるのは千里の馬より速いというのはまことらしい。劉邦《りゅうほう》がいる山にも、うわさは飛来《ひらい》した。

――県が陥落した……。

県は戦時には城となる。みすぼらしい城でも、攻め落とすには十日以上かかるというのが常識である。ところがうわさでは、銍県は一日で落ちた。

劉邦のまわりに集まった者たちは、

「銍県はずいぶん無防備であったのでしょう。盗賊ごときに攻め潰《つぶ》されるとは

——」

と、冷笑をまじえて話しあった。この時点では、陳勝《ちんしょう》と呉広《ごこう》の軍は、盗賊団であるとおもわれていた。

二日後に、碭《とう》県の住民である陳濞《ちんび》が仲間とともに山沢に急行してきた。碭県の城門が閉じられてしまったので、かれらは、夜間、城壁を乗りこえて外にでたという。いちはやく実情を劉邦に報告すべく夜行《やこう》してきたのである。

「一大事という顔だな」

劉邦はかれらを巌穴《がんけつ》のなかにいれた。

「ここまで賊兵がきていないので、すこし安心しました」

と、まず陳濞がほっとしたようにいった。

「たかが盗賊団だろう」

劉邦はあえてそういってみた。

「いえ、ちがいます」

と、いったのは陳濞とともにきた魏選《ぎせん》である。

「たしかにかれらは掠奪《りゃくだつ》をおこないますので、盗賊のようにみえますが、もとは北辺《ほくへん》の守備につくために睢水《すいすい》を越そうとしていた閭左《りょさ》の者たちです。先日の大雨で睢水を越せなくなったので、やむなく叛乱を勃《お》こしたということです。かれらは大楚《たいそ》という国を建てるために、諸県をつぎつぎに襲い、兵の一部は酇《さん》県を落としました。芒《ぼう》県も賊兵に囲まれましたが、この県は北に睢水がながれているので、賊兵は包囲をあきらめて西へ移動したのでしょう。たぶんその兵力は、万をこえています」

「一万以上の兵力……」

さすがの劉邦もにわかには信じ難《がた》かった。

昔（春秋時代）、魯《ろ》の国に、盗跖《とうせき》という大盗賊がいたが、かれでさえ配下は数千人であり、一万以上ではなかった。ところが、大沢郷《だいたくきょう》から起こったその賊の集団は十日も経《た》たぬうちに一万を超《こ》え、なおもふくれつづけているという。奇蹟《きせき》としかいいようがない。

「その大楚を標榜《ひょうぼう》する首領《しゅりょう》は、なんという男だ」

と、劉邦は問うた。

「陳勝というらしいです。出身は、はっきりとはわかりませんが、潁川《えいせん》郡か陳《ちん》郡であろう、とききました」

と、陳濞が答えた。おなじ氏なので、関心が深いのであろう。

「じつは、われらのなかに、陳勝の軍に加わろう、という声が揚《あ》がりました」

と、魏選が述べた。もともとかれらは反政府色の濃い結社《けっしゃ》を秘密に形成している。したがっておなじ色あいをもつ陳勝軍に飛びこむことに違和感をおぼえないであろう。

「ちょっと、待て」

劉邦はかれらの軽率《けいそつ》をたしなめた。

「秦《しん》の政治に不満をもっているのは、なんじらだけではない。その不満の捌《は》け口《ぐち》を求めて、陳勝軍に参加する者が多いこともわかる。しかし、なんじらは罪のない者たちを救おうと集まったのであろう。われは儒教《じゅきょう》が大嫌いだが、学《がく》のある者は、惻《そく》隠《いん》の情《じょう》、としばしばいう。どんな悪人でも、井戸に落ちようとする子どもをみれば、助けようとする。その情のことだ。これは義侠《ぎきょう》に通ずる。陳勝は秦の政府を悪とみなして戦っているようだが、かれの思想に、惻隠の情があるか、義侠があるか、よくたしかめてから行動すべきだ」

「おっしゃる通りです」

陳濞は感動したように声を張りあげて、

「亭長《ていちょう》は、お起《た》ちにならないのですか」

と、問うた。

劉邦はいささかもためらわず、

「天に命じられれば起つ。その声がきこえないかぎり、起たない」

と、答えた。ぞんがい社《しゃ》への信仰心が篤《あつ》い劉邦は、神の加護がないかぎり大事業は成《な》しえないと信じている。この真情をふくめて、天、といったのである。

陳濞らがかえったあと、

――ついに震天動地《しんてんどうち》の時がきたのか。

と、自問した劉邦は、配下の数人を下山させ、陳勝軍の動向をさぐらせた。

数日後、かれらは驚愕《きょうがく》の情報をたずさえてもどってきた。

鄿県を攻め落とした陳勝軍は、西進をつづけ、譙《しょう》県を大破したあと、陳郡にはいり、苦《こ》県をやすやすと攻め取り、その県の西北に位置する柘《しゃ》県をも攻略したという。

「陳勝の軍は二手にわかれて西進しているようで、おそらく主力軍は陳県をめざしているのではありますまいか。いまやその兵力は数万ともいわれ、兵車を六、七百乗《じょう》、騎馬を千余騎《き》もそなえているようです」

「なんと、なんと――」

報告をきいた劉邦は、あえてあきれてみせた。

昔、諸侯の国を、

「千乗の国」

と、いった。兵車を千乗有していたからである。諸国の戦いはおもに中原《ちゅうげん》という起伏のすくない地でおこなわれたため、兵車戦が戦闘のおもな形態であった。ところが戦地が山岳や砂丘などが多い辺地に移り、異民族と戦わねばならなくなると、兵車よりも歩兵と騎兵を充実させなければ勝てないことがわかり、軍における兵車の数は激減した。同時に、兵車に乗るのは、戦闘員ではなく、指麾《しき》官がおもになった。その指麾官の下に百人ほどの歩兵がいると想《おも》えばよいので、兵車六、七百乗は、六、七万という兵力に換算してかまわないであろう。

——一万余が、数日後に六、七万……。

まるで魔術であった。諸県のなかには生業《せいぎょう》につけない若者が多く、また、劉邦のように流人《りゅうじん》になった者もすくなくない。さらに、旧《もと》は楚人《そひと》であった豪族もいるであろう。かれらがこぞって陳勝に服属したとしても、その兵力の膨張《ぼうちょう》の速さは異常である。

始《し》皇帝と二世皇帝が万民を圧迫しすぎた反動がこれだ、といえよう。

往時、外黄《がいこう》の県令であった張耳《ちょうじ》は、食客《しょっかく》たちに、

「水は、せきとめすぎると、大水《たいすい》となり、大きな害をもたらす。だから、どれほど

高大な陵《つつみ》を築いても、水はながしておくものだ。政治の要諦《ようてい》はそれだ、といったところで、なんじらのなかに、国を治めるほどの大器はいないか」

と、いい、笑ったことがあった。それを憶《おも》いだした劉邦は山中にいる配下を残らず集めた。

風もなく、おだやかな日である。

日の光に澄みがあり、それが岩頭《がんとう》を輝かせた。集まった者たちは、まぶしげに劉邦をみあげた。岩の上に立った劉邦は、

「いま下界は、大混乱になっている」

と、切りだし、陳勝とその巨大化した軍について、知っていることを余さず告げた。

「その軍に襲われた県では、令《れい》、丞《じょう》、尉《い》など上級の官吏《かんり》が殺されたり、逃走したりしている。まだ襲撃されていない県を治めている者たちも、戦戦恐恐《せんせんきょうきょう》となっているにちがいない。それゆえ、無実の罪を衣《き》せられそうになったり、連座の罪を恐れて、この山に逃げてきた者は、いまなら家族のもとに帰ることができる。すみやかに下山するがよい。われが陳勝に協力することをひそかに願っている者がいれば、その者にいおう。われはここから動かない。しかも食料は九月末で尽きる。それゆえ、

陳勝軍に加わりたければ、われは止めはせぬ。以上だ」

全員がざわつきはじめたとき、劉邦の姿は岩の上になかった。かれらは三三五五集まって話しあい、夕《よる》を迎えた。

翌朝、二十人ほどが山を去った。

そのことを、巖穴に膳をはこんできた陳遫《ちんそく》が語《つ》げた。

「なんじら、豊邑《ほうゆう》の者は、去らなかったのか」

と、劉邦はむしろ微笑をみせて問うた。

「王吸《おうきゅう》も、陳倉《ちんそう》も、亭長がお亡《な》くなりになるまで、近くでお仕えしたいと申しています」

「そうか。われが餓死《がし》したら、なんじらが骸《むくろ》をはこんでくれそうだが、豊邑ではなく、沛県《はいけん》の妻のもとへはこんでくれ」

「うけたまわりました」

その答えかたに、うわついたものがなかったので、

——この者は、九月末まで山中にいるつもりだ。

と、劉邦は確信した。

「ただし、われの餓死は十月にずれこんだ」

「さようですか……」

陳邀は首をかしげた。

「そうではないか。二十人が去ったのだ。そのぶんの食料が、余命を延ばしてくれる。ちがうか」

「あっ、さようでございますな」

陳邀は小さく笑った。

――亭長はほんとうに餓死するのだろうか。

この陳邀の疑問を共有したのが、おなじ豊邑出身の王吸と陳倉である。

「いや、亭長は死なない。亭長は白帝《はくてい》の子を斬った赤帝《せきてい》の子だぞ。それに亭長の上にはつねに雲気がある、と亭長の奥方《おくがた》がいったではないか。そんな人が、何もしないで、山中で斃《たお》れるはずがない」

と、いったのは王吸である。

「わたしもそう思う。いま陳勝軍は破竹《はちく》の勢いであるらしいが、まだ秦の主力軍と対戦していない。陳勝軍に参加するのは、時期尚早《しょうそう》だろう。それがわかっているので、亭長は動かないのだ」

陳倉も冷静であった。

この三人は、食事を終えた劉邦に呼ばれた。

「ご用でしょうか」

三人は劉邦のまえで膝《ひざ》をそろえた。

「なんじらは、われが死ぬまで近くで仕えてくれる。その覚悟の貌《かお》がわれにはみえる。だが食料が尽きるまえに、天の声がわれにおりてこないともかぎらない。そのときは、電光のごとき速さで動かねばならない。それゆえなんじらは、いま豊邑がどうなっているかをさぐり、沛県にとどまっている樊噲《はんかい》と連絡をとりあい、われにも報告せよ。三人は手わけをして、それらをおこなうべし」

「わかりました」

三人は嬉々として発《た》った。劉邦の容姿に生気をみたおもいがしたからである。

実際、劉邦は心身に張りをおぼえていた。

――重厚な何かが自分に近づいている。

おのずと感覚がするどくなっている。天から落ちてくるものを受け取ろうとする感覚である。

三人が発ったあと、配下の五、六人に、

「陳勝軍のその後をさぐってくるように」

と、いいつけた。相県《しょう》にいる周苛《しゅうか》からも情報を得たいが、配下には適当な人物がいなかった。ところが、三日後に、周苛からの書翰《しょかん》が劉邦にとどけられた。

一読《どく》三嘆《たん》とは、このことであろう。

「陳県は陥落した。入城した陳勝は、陳県を本拠として、有力者を召している。数日後には王になるかもしれない」

平民がひと月も経たないうちに王になる。中華の長い歴史をふりかえってみても、そのようなことはなかった。

陳勝とその軍の動きをより正確にいえば、こうなる。

符《ふ》離《り》の出身である葛嬰《かつえい》に兵をさずけて、

「蘄《き》県より東を攻略せよ」

と、命じた陳勝は、佐将の呉広とともに蘄県から西進し、銍県を落とし、郡境を越えて碭郡にはいるや、酇県と譙県を屠《ほふ》り、さらに、西にむかって陳郡に侵入して、苦県、柘県、を陥落させた。その進撃の過程で陳勝と呉広はそれぞれ一軍を率いて進路を異《こと》にするということがあったかもしれない。とにかく陳勝と呉広の当初の目的は、陳郡の中心地である陳県を取るということなので、ふたりは陳県に近づくと、戮力《りくりょく》して総攻撃をおこなった。

——激戦になるであろう。

そうとうに抵抗されると予想して、ふたりは軍をすすめた。なにしろ陳県にあるのは県庁だけではない。郡全体を統括《とうかつ》する郡府もある。当然、防備は厚く、兵も多い。ふたりはそうみていた。

が、実際の戦いはあっけなかった。

郡府と県庁には長官がいなかった。ふたりは叛乱軍の兵力のあまりの大きさにおびえ、抗戦《こうせん》を指示するまでもなく、遁走《とんそう》してしまったのである。かれらにかわって兵を指麾したのは、副郡守というべき守丞《しゅじょう》である。かれは望楼《ぼうろう》に登り、

「賊兵は烏合《うごう》の衆《しゅう》である。恐れるに足らず」

と、豪語《ごうご》し、城兵をはげましつつ戦いぬいた。が、望楼の下の門は大破され、なだれこんできた陳勝軍の兵によって、かれは殺された。

高笑いをしながら入城した陳勝は、二、三日、掃蕩《そうとう》戦を継続したあと、配下をねぎらうために大宴会を催した。大沢郷の近くで、陳勝、呉広とともに叛乱の一歩を踏みだした九百人は、ここまでの戦いで、ほとんど無傷であった。かれらの称賛を浴《あ》びた陳勝は、

「みなはすでに大名《たいめい》を挙《あ》げたのだぞ。どうだ、われのいった通りになったであろ

う」

と、満悦そのものとなった。

翌日、陳勝は郡内の父老《ふろう》と豪族を招いた。

秦の律令《りつれい》制度のなかで、父老は一種の緩衝《かんしょう》である。父老は県や郷の民に奉戴《ほうたい》された存在で、国や郡の法令でも、父老を通さないと、民にとどかないということがある。つまり、県や郷にはなかば自治権があったのである。行政の長でも父老をはばかるものなのである。

陳勝は招き寄せた父老と豪族に意見を求めた。これは郡内の有力者を敵にまわさないための策のひとつであり、衆議を尊重する体《てい》をつくったのである。

集まった者たちはみな陳勝の賛美者になっていた。

「将軍はみずから甲冑《かっちゅう》をつけ、鋭利な武器を執《と》り、無道《むどう》を伐《う》ち、暴秦《ぼうしん》を誅《ちゅう》して、ふたたび楚《そ》の国の社稷《しゃしょく》をお立てになりました。その大功によって、当然、王になるべきです」

無道、暴秦などのことばは、秦の悪政を指している。陳勝の叛乱は、秦の悪を匡《ただ》す行為とみなす者がほとんどで、かれらの目には、陳勝は人民に解放をもたらした正義の化身《けしん》に映《うつ》ったであろう。

――王か……。

陳勝は内心満足げに笑った。

秦の時代には皇帝がいるだけで王はひとりもいない。秦による天下統一がなされるまえに、秦の国主は王であり、ほかに、楚、斉《せい》、趙《ちょう》、燕《えん》、魏《ぎ》、韓《かん》などの国の主《あるじ》が王であった。それらの王国の前身は諸侯の国であり、周《しゅう》王の認可のもとで存立《そんりつ》していた。つまり人民に選ばれ、推《お》された王などはひとりもいなかった。

それを想えば、ここでの推挙は画期的なことであった。

「それなら――」

陳勝はためらわず王位に即《つ》いた。それほど尊貴な位に登る者は、天命がくだるのを待つという謙虚《けんきょ》さを示すものであるが、陳勝は天の声をきかず、人の声だけをきいて王となった。そこにあつかましさをみることはできるが、新しい決断と行動であったといえないこともない。陳勝は、

「陳王」

となり、国号を大楚《たいそ》から、

「張楚《ちょうそ》」

と、改めた。ちなみに盟友である呉広を、

なかったが、陳勝とともに兵を挙げた呉広はすでに仮王となっていた。このあたりにも、ひとりの英雄がこの国を潰しにかかったような、陳勝も王となった。

「仮王《かおう》」

と、した。仮《かり》の王ということである。これでふたりは挙兵してからひと月も経たないうちに王となった。

陳県までようすをさぐりにきた劉邦の配下は、城内にはいりきれない大群衆をまのあたりにして、

「昂奮《こうふん》の坩堝《るつぼ》とは、このことだ」

と、圧倒された。

かれらは月があらたまるころまで陳県に出入りし、近隣の県をすこしめぐって、劉邦のもとにもどった。

かれらの上気《じようき》した顔をみた劉邦は、

「みな熱病に罹《か》ったようだ。一日、頭を冷やしてから、われに報告せよ」

と、いい、かれらを休ませた。報告をきいたのは翌日である。

「ついに陳勝は王となったのか」

「はい」

「王にねえ……」

信じられないというように劉邦は首をふった。民衆の声に推されて陳勝は王位に

登ったようであるが、劉邦のうけとりかたとしては、

「自称の王」

にすぎない。古い考えかたかもしれないが、天と地の神に嘉《よみ》されて、はじめて王になることができる。一地方を平定した者は、覇者《はしゃ》、にすぎない。

「陳王は陳県を首都と定め、四方の撫循《ぶじゅん》を開始しました。東西南北に軍がむかいましたので、あちこちの県では、令、丞などが住民に刑戮《けいりく》されています」

県民が陳勝軍に応ずれば、県の上級官吏を殺して、開城する。そういう県がふえると、県令はおののいて逃げだすか、やむなく陳勝軍を趨迎《すうげい》するか、どちらかの行動を選ばなければならなくなる。なにしろ、秦の主力軍が叛乱の鎮定にやってくるのが遅すぎる。東南方の郡がとりかえしのつかない事態になっているという認識が中央政府にないのではないか、と疑いたくなる。

「ところで、亭長は張耳のことをお話しになったことがあります」

「そうだったかな」

「陳王が派遣《はけん》した北伐《ほくばつ》軍を率いていた将のひとりが、張耳であるとききました」

「まことか」

劉邦は素直に喜色《きしょく》をみせた。懸賞金の対象とされながら、張耳はついに逃げきっ

たのである。かれは魏の国が滅ぶや、親友の陳余《ちんよ》とともに外黄を去り、縁《えん》もゆかりもない陳へ行って、変名を用いて里《り》の監門《かんもん》となった。監門は門番といいかえてよい。懸賞金の通達があったとき、

「こういう者を捕らえたり殺したりすると、お上《かみ》からご褒美《ほうび》がでますよ」

と、ふたりは自分たちの名を里内にふれまわったことがあった。名を変え、身なりをやつして暮らしていたふたりに関しては、

「刎頸《ふんけい》の交わり」

という称《ほ》めことばがある。頸《くび》を刎《は》ねられても悔《く》いのないほど親しい交わりをいう。その友情の篤さとは別に、逃げまわらずに、おなじところで監門でありつづけたという長い忍耐を称賛してもよいであろう。かれらに希望はあったのか。

——かならず秦はかたむく。

張耳と陳余がともにそう考えていたのであれば、かれらの予見は非凡である。そうであれば、陳が叛乱の中心地になったとき、ふたりはさほどおどろかず、

「いつかこうなると想っていた。さあ、陳勝に会いにゆこう」

と、おもむろに腰をあげたであろう。

ちなみに、多くの有識者や豪族が陳勝に王位に登ることを勧《すす》めたが、張耳と陳余

は、それに難色を示した。つまり、陳勝の叛乱には私欲がなかったのに、すぐに王になれば、天下に私心を示すことになる。また陳勝は陳にとどまらず、兵を率いて西進すべきであり、旧六国の王の子孫を立てれば、秦は陳勝ひとりを討とうとせず、力を分散せざるをえなくなる。そのうえで、陳勝は秦を倒して咸陽《かんよう》に本拠を置き、天下に号令をくだせば、諸侯と万民はそれに従うので、帝業を成すことができる。

「いま陳において独《ひと》りで王になってしまえば、天下の人々の心は離散してしまいます」

ふたりの意見は、まさに正論であった。しかも最善の策をふくんでいた。陳勝が西へ西へとすすみつづけることで、勢いは増しつづけ、秦がどれほど強大な軍をむけてきても、呑《の》みこめるであろう。ところが陳勝は王になることにこだわり、陳で停止し、なおかつ軍を分割して四方を平定しようとしている。これではみずから弱体化するようなものである。

――陳勝の敵は四方にいるわけではなく、西にしかいない。

戦略的主眼の定めかたは、陳勝より張耳と陳余のほうがはるかに上であった。だが、陳勝はこの意見を聴きながして王となった。失望した張耳と陳余は、河北《かほく》の平定を申しでて、許されると、旧趙《ちょう》国へむかったのである。

劉邦はそこまでくわしく知らなかったものの、

——張耳どのは生きていた。

と、知って、心に活力を得た。かれの生きかたから忍耐と信念の強さを学んだ気がした。水でも岩をつらぬくことができる、ときいたことがある。固いものを割るには、固く鋭いものを用いるのが常識であるが、もっともやわらかいものでも、長い歳月がかかるが、もっとも固いものをつらぬける。

劉邦は速成を信用していない。

かれ自身、四十八歳であるが、たいしたことを成したわけではない。むだに生きてきたと嗤《わら》われるであろう。だが、むだに生きたという経験こそが、もっとも貴重となる時がある。無益の積み重ねが、有益の上限を超える、といいかえてもよい。

——愚者《ぐしゃ》は賢者《けんじゃ》にまさるということよ。

劉邦がこの山沢にこもってきたということは、愚を守りつづけた、ともいえる。このことが活《い》きる時がくる。

豊邑をさぐり、樊噲と接触《せっしょく》した王吸がもどってきた。

「豊邑は雍歯《ようし》が中心となって防備を厚くしていました。それにくらべて沛県の内は揺《ゆ》れ、統一感がありません。王陵《おうりょう》などの豪族は、静まりかえっています。それもぶきみでした」

へたに県令を扶《たす》けると、あとで災難がおよぶ。そう考える豪族は多い。その点、雍歯が率先して豊邑の民を守ろうとしているのは立派である。

「王吸よ、もはや八月中旬だ。十月上旬までの食料が、まさに命《いのち》の糧《かて》だ。さて、われはどうなるかな」

そう問われても王吸はとまどわず、

「雲上《うんじょう》の人になられましょう。雲から梯《はしご》がおりてくるのです。亭長がその梯をおのぼりになるとき、われらもその梯につかまらせてもらいます」

と、なめらかに答えた。劉邦は一笑《いっしょう》した。

この日から劉邦は静黙《せいもく》した。山中にいる配下は、毎日、劉邦が何をしているのか、わからなくなった。八月末に、この山に樊噲が陳倉、陳遬などを従えて到着した。

「亭長、挙兵の時です」

この樊噲のはつらつとした声をきいた劉邦は、王吸に目をやり、

「雲から、梯がおりてきた」

と、いい、目で笑った。

（「劉邦（二）」につづく）

初出　『毎日新聞』二〇一三年七月二十一日～二〇一五年二月二十八日連載
単行本　二〇一五年五月～七月　毎日新聞出版
文庫化にあたり三分冊を四分冊にいたしました。

文春文庫

劉《りゅう》邦《ほう》（一）

定価はカバーに
表示してあります

2018年7月10日　第1刷

著　者　宮《みや》城《ぎ》谷《たに》昌《まさ》光《みつ》
発行者　飯窪成幸
発行所　株式会社 文藝春秋

東京都千代田区紀尾井町3-23　〒102-8008
TEL　03・3265・1211㈹
文藝春秋ホームページ　http://www.bunshun.co.jp

落丁、乱丁本は、お手数ですが小社製作部宛お送り下さい。送料小社負担でお取替致します。

印刷・凸版印刷　製本・加藤製本

Printed in Japan
ISBN978-4-16-791097-6

（　）内は解説者。品切の節はご容赦下さい。

宮城谷昌光
天空の舟
小説・伊尹伝（上下）

中国古代王朝という、前人未踏の世界をロマンあふれる勁い文章で語り、広く読書界を震撼させたデビュー作。夏王朝、一介の料理人から身をおこした英傑伊尹の物語。（齋藤愼爾）

み-19-1

宮城谷昌光
中国古典の言行録

中国の歴史と文化に造詣の深い作家が、論語、詩経、孟子、老子、易経、韓非子などから人生の指針となる名言名句を選び抜き、平明な文章で詳細な解説をほどこした教養と実用の書。

み-19-7

宮城谷昌光
太公望
（全三冊）

遊牧の民の子として生まれながら、苦難の末に商王朝をほろぼした男・太公望。古代中国史の中で最も謎と伝説に彩られた人物の波瀾の生涯を、雄渾な筆で描きつくした感動の歴史叙事詩。

み-19-9

宮城谷昌光
春秋名臣列伝

斉を強国に育てた管仲、初の成文法を創った鄭の子産、呉王を覇者にした伍子胥——。無数の国が勃興する時代、国勢の変化と王室の動乱に揉まれつつ、国をたすけた名臣二十人の生涯。

み-19-18

宮城谷昌光
戦国名臣列伝

越王句践に呉を滅ぼさせた范蠡。祖国を失い、燕王に仕えて連合軍を組織した楽毅。人質だった異人を秦の王に育てた呂不韋。合従連衡、権謀術数が渦巻く中、自由な発想に命をかけた十六人。

み-19-19

宮城谷昌光
楚漢名臣列伝

秦の始皇帝の死後、勃興してきた楚の項羽と漢の劉邦。覇を競う彼らに仕え、乱世で活躍した異才・俊才たち。項羽の軍師・范増、前漢の右丞相となった周勃など十人の肖像。

み-19-28

宮城谷昌光
三国志　全十二巻

後漢王朝の衰亡から筆をおこし「演義」ではなく「正史三国志」の世界を再現する大作。曹操、劉備など英雄だけではなく、将、兵、そして庶民に至るまで、激動の時代を生きた群像を描く。

み-19-20

村木　嵐
マルガリータ
千々石ミゲルはなぜ棄教したのか？　天正遣欧使節の4人の少年の中で帰国後ただ一人棄教したミゲル。その謎の生涯を妻の視点から描く野心作。第17回松本清張賞受賞作。（縄田一男）
む-15-1

村木　嵐
遠い勝鬨
徳川時代の長い平和の礎を築いた松平信綱。「知恵伊豆」と呼ばれた信綱が我が子のように慈しんだ少年はあろうことか過去にキリシタンの洗礼を受けていた――。（細谷正充）
む-15-2

諸田玲子
べっぴん　あくじゃれ瓢六捕物帖
娑婆に戻った瓢六の今度の相手は、妖艶な女盗賊。事件の聞き込みで致命的なミスを犯した瓢六は、恋人・お袖の家を出る。正体を見せない女の真の目的は？　衝撃のラスト！（関根　徹）
も-18-8

諸田玲子
再会　あくじゃれ瓢六捕物帖
大火で恋女房を失い自堕落な生活を送る瓢六。しかしやがてかつての仲間達と、水野忠邦・鳥居耀蔵らの江戸の町民たちを苦しめる"天保の改革"に立ち向かう。（細谷正充）
も-18-11

諸田玲子
破落戸《ごろつき》　あくじゃれ瓢六捕物帖
老中・水野忠邦と南町奉行・鳥居耀蔵という最強の敵に立ち向かう瓢六は、自分を取り戻し、弥左衛門や奈緒たちの協力を得て強敵をじわじわと追い詰めていく。（大矢博子）
も-18-12

諸田玲子
お順　（上下）
17歳で佐久間象山に嫁ぎ、夫の死後は兄・勝海舟を助けた順。彼女をとりまく幕末日本の勇士たちの姿と、強い情熱と愛で生きた順の波瀾の生涯を描く長編時代小説。（重里徹也）
も-18-9

山本一力
あかね空
京から江戸に下った豆腐職人の永吉。己の技量一筋に生きる永吉を支える妻と、彼らを引き継いだ三人の子の有為転変を、親子二代にわたって描いた直木賞受賞の傑作時代小説。（縄田一男）
や-29-2

（　）内は解説者。品切の節はご容赦下さい。

山本一力
たまゆらに
青菜売りをする朋乃はある朝、仕入れに向かう途中で大金入りの財布を拾い、届け出るが――。若い女性の視線を通して、欲深い人間たち、正直の価値を描く傑作時代小説。（温水ゆかり）
や-29-22

山本一力
朝の霧
長宗我部元親の妹を娶った名将・波川玄蕃。幸せな日々はやがて元親の激しい嫉妬によって、悲劇へと大きく舵を切る。乱世に輝く夫婦の情愛が胸を打つ感涙長編傑作。（東　えりか）
や-29-23

山本兼一
火天《かてん》の城
天に聳える五重の天主を建てよ！　信長の夢は天下一の棟梁父子に託された。安土城築城の裏に秘められた想像を絶する創意工夫。第十一回松本清張賞受賞作。（秋山　駿）
や-38-1

山本兼一
いっしん虎徹
その刀を数多の大名、武士が競って所望し、現在もその名をとどろかせる不世出の刀鍛冶・長曽祢虎徹。三十を過ぎて刀鍛冶を志して江戸へと向かい、己の道を貫いた男の炎の生涯。（末國善己）
や-38-2

山本兼一
千両花嫁
とびきり屋見立て帖
道具屋「とびきり屋」には、新撰組や龍馬がやって来ては、無理を言い――。幕末の京を舞台に、〝見立て〟と〝度胸〟で難題を乗り切る若夫婦を描く「はんなり」系痛快時代小説。（中江有里）
や-38-3

山本兼一
ええもんひとつ
とびきり屋見立て帖
道具屋「とびきり屋」のゆずが坂本龍馬に道具の買い方の極意を伝える表題作ほか六篇。〝見立て力〟で幕末の京を生きる若き夫婦を描いた人気シリーズ第二弾！（杉本博司）
や-38-4

山本兼一
赤絵そうめん
とびきり屋見立て帖
坂本龍馬から持ちかけられた赤絵の鉢の商い。「とびきり屋」の主・真之介がとった秘策とは？　夫婦の智恵、激動の時代に生きる京商人の心意気に胸躍るシリーズ第三弾。（諸田玲子）
や-38-5

山本兼一
利休の茶杓　とびきり屋見立て帖
幕末の京都。真之介とゆずの身辺もきな臭くなってくるが、古道具を守り続ける夫婦愛は今日も明日も変わらない。著者が最も愛着を抱いていたシリーズ第四弾にして最終巻。（重里徹也）
や-38-7

山本兼一
花鳥の夢
安土桃山時代。足利義輝、織田信長、豊臣秀吉と、権力者たちの要望に応え「洛中洛外図」「四季花鳥図」など時代を拓く絵を描いた狩野永徳。芸術家の苦悩と歓喜を描く。（澤田瞳子）
や-38-6

山本兼一
夢をまことに（上下）
近江国友の鉄炮鍛冶の一貫斎は旺盛な好奇心から、江戸に出て、失敗を重ねながらも万年筆や反射望遠鏡を日本で最初に作り上げる。江戸に生きた稀代の発明家の生涯。（田中光敏）
や-38-8

山口恵以子
邪剣始末
刀匠だった養父が妻の不貞に逆上して打った邪剣。災いをなす剣の始末を託されたおれんは、邪剣を追い凄絶な闘いを繰り広げる。話題の松本清張賞作家、幻のデビュー作。（細谷正充）
や-53-1

山口恵以子
小町殺し
錦絵「艶姿五人小町」に描かれた美女たちが、左手の小指を切り取られて続けざまに殺された。これは錦絵をめぐる連続猟奇殺人なのか？　女剣士・おれんは下手人を追う。（香山二三郎）
や-53-2

夢枕　獏
陰陽師《おんみようじ》　醍醐《だいご》ノ巻
都のあちらこちらに現れては伽羅の匂いを残して消える不思議の女がいた。果して女の正体は？　晴明と博雅が怪事件を解決する〝陰陽師〟。「はるかなるもろこしまでも」他、全九篇。
ゆ-2-25

夢枕　獏
陰陽師《おんみようじ》　酔月《すいげつ》ノ巻
我が子を食べようとする母、己れの詩才を恃むあまり虎になった男。都の怪異を鎮めるべく今日も安倍晴明がゆく。四季の花鳥風月の描写が日本人の琴線に触れる大人気シリーズ。
ゆ-2-27